KB240683

Animal Farm

The Classic Books

동물농장

조지 오웰

북로드

차례

제1장

그날 밤 매너 농장의 존스 씨는 잠자리에 들기 전 닭장 문을 잠그기는 했으나 술에 잔뜩 취한 나머지 닭장 쪽문 잠그는 것을 깜박하고 말았다. 비틀거리며 마당을 가로질러 가는 내내 존스 씨의 손에 들린 등의 둥그런 불빛이 이리저리 흔들거렸다. 그는 안채 뒷문에 이르자 장화를 벗어던지고, 부엌에 있는 맥주통에서 한 잔을 따라 마지막으로 쭉 들이켜더니 아내가 코를 골며 자고 있는 침대로 올라갔다.

침실 불이 꺼지자마자 농장 곳곳이 술렁거렸다. 부스럭거리는 소리, 퍼덕이는 소리가 나는가 하면 동물들이 일제히 웅성거리기 시작했던 것이다. 언젠가 미들화이트종(種) 품평회에서 상을 탄 수퇘지 메이저가 간밤에 이상한 꿈을 꾸었는데, 그 꿈 이야기를 다른 동물들에게 들려줄 거라는 소식이 낮에 이미 돌았던 것이다. 동물들은 존스 씨가 잠자리에 들면 모두 큰 헛간에 모이기로 했다. 그들은 메이저 영감(품평회에는 '윌링던 뷰티'라는 이름으로 나갔지만 동물들은 그냥 메이저 영감이라고 불렀다)을 존경하는 터라 그의 이야기를 듣기 위해서라면 한 시간쯤 덜 자도 좋다고 생각했다.

큰 헛간 한쪽 구석 단상의 짚 더미 위에 벌써 늙은 메이저가 편안히 자리를 잡고 앉아 있었다. 그의 머리 위쪽 대들보에는 초롱이 걸려 있었다. 열두 살인 그는 최근 들어 몸집이 부쩍 비대해졌고 한 번도 자른 적 없는 송곳니가 뻗어 있었지만 현명하고 지혜로우며 위엄 있는 인상을 풍겼다.

곧이어 동물들이 하나둘 헛간에 모여들어 나름대로 자리를 잡았다. 맨 먼저 블루벨, 제시, 핀처라 불리는 개 세 마리가 들어왔고, 그다음 돼지들이 들어와 단상 바로 앞 짚 더미 위에 앉았다. 암탉들은 창턱 홰에 올라갔고, 비둘기들은 서까래 쪽으로 날아올랐으며, 양과 암소들은 돼지들 뒤에 앉아 되새김질을 시작했다. 마차를 끄는 말인 복서와 클로버도 함께 들어왔다. 그들은 혹시라도 짚 더미 속에 숨어 있는 작은 동물들을 밟을세라 그 커다란 털투성이 발굽을 조심스럽게 내디뎠다. 중년에 접어든 후덕한 암말 클로버는 네 번째 망아지를 낳은 뒤로는 예전 같은 날씬한 몸매를 되찾지 못했다.

복서는 키가 자그마치 열여덟 뼘이나 되는 거대한 말로 보통 말 두 마리가 할 일을 너끈히 해냈다. 그러나 콧잔등의 하얀 줄무늬 때문에 조금 우둔해 보였다. 실제로도 머리가 썩 좋은 편은 아니지만 의지가 굳고 일할 때는 누구도 따를 수 없을 만큼 힘이 넘쳐 모두 그를 존경했다.

복서와 클로버에 이어 흰 염소 뮤리엘과 당나귀 벤저민이 들어왔다. 벤저민은 매너 농장에서 나이가 제일 많고 성미도 제일 까칠했다. 말수가 적은 편인 데다 어쩌다 입을 열어도 비꼬는 말만 튀어나왔다. 예를 들면 하느님은 자기에게 파리를 쫓으라고 꼬리를 주었지만, 자기는 꼬리도 파리도 없으면 좋겠다는 식이었다. 농장 동물 중에 유일하게 웃지 않는 게 벤저민이었다. 왜 안 웃냐고 물으면 웃을 일이 없다고 툭 내뱉었다. 그런 그가 내색하지는 않았지만 복서를 무척 좋아했다. 일요일이면 벤저민과 복서는 과수원 건너편 조그만 목장에서 나란히 풀을 뜯으며 함께 시간을 보내곤 했다.

복서와 클로버가 막 자리를 잡았을 때 어미 잃은 집오리 새끼들이 떼를 지어 들어왔다. 오리 떼들은 밟히지 않을 만한 자리를 찾아 꽥꽥거리며 서성거렸다. 클로버가 커다란 앞다리로 새끼 오리 주위에 울타리를 만들어주자 그들은 그 안쪽에 모여들더니 금세 잠이 들었다. 이어서 존스 씨의 이륜마차를 끄는 암말 몰리가 설탕 덩어리를 씹으면서 우아한 걸음걸이로 들어왔다. 몰리는 앞쪽에 자리를 잡고는 으스대듯 흰 갈기를 흔들었다. 빨간 리본을 자랑하고 싶었던 것이다.

마지막으로 고양이가 들어왔다. 그녀는 언제나 그렇듯 가장 따뜻한 자리를 찾아 사방을 둘러보더니 마침내 복서와 클로버 사이로 비집고 들어갔다. 거기서 메이저의 이야기는 듣지 않고 가르랑거리기만 했다.

뒷문 홰에서 잠자고 있는 길든 집까마귀 모제스를 제외하고 모든 동물들이 다 모였다. 동물들 모두 편안하게 자리 잡은 것을 확인하자 메이저는 목을 가다듬고 연설을 시작했다.

"동지 여러분은 내가 간밤에 묘한 꿈을 꾸었다는 얘기를 이미 들어 알고 있을 것입니다. 그러나 그 꿈 얘기는 잠시 미뤄두고 그보다 먼저 할 말이 있습니다. 아무래도 나는 여러분과 같이 지낼 시간이 얼마 남지 않은 것 같습니다. 그래서 죽기 전에 내가 살아오면서 터득한 지혜를 여러분에게 전해주는 것이 내 의무라고 생각합니다. 나는 오래 살았고, 우리에 혼자 누워 많은 생각을 해보았습니다. 나는 지금 살아 있는 어느 누구보다 동물들 삶이 어떠한지 잘 알고 있다고 생각합니다. 내가 여러분에게 말하고 싶은 건 바로 이 점에 관한 것입니다.

동지 여러분, 동물들의 삶이란 어떤 것입니까? 똑바로 보세요. 우리의 삶은 비참하고 힘겹고 짧습니다. 우리는 태어나서 목숨만 겨우 부지할 만큼의 먹이를 얻어먹고, 살아 있는 동안에는 마지막 힘까지 짜내어 일해야 합니다. 그리고 쓸모없게 되는 순간 처참하게 도살되지요. 그러니 이 나라에서는 어떤 동물도 태어나 1년만 지나면 행복이나 휴식이라는 단어의 의미가 무엇인지 잊어버리고 맙니다. 영국의 동물들에게는 자유가 없습니다. 동물의 삶에는 고통과 굴종밖에 없습니다. 이것은 명백한 사실입니다.

그렇다면 이런 게 자연의 섭리라고 말할 수 있을까요? 우리나라가 너무 가난해서 이곳에 사는 자들이 풍족한 삶을 누릴 여유가 없기 때문일까요? 아닙니다. 동지 여러분, 결코 그런 것이 아닙니다. 영국은 땅이 기름지고 기후가 온화해서 지금보다 훨씬 더 많은 동물들이 넉넉하게 먹을 수 있습니다. 우리 농장만 하더라도 말 열두 마리와 암소 스무 마리, 양 수백 마리가 함께 생활할 수 있고, 우리가 상상할 수 없을 정도로 안락하고 품위 있는 삶을 살 수 있습니다.

그런데 어째서 우리는 이런 비참한 생활을 계속해야 하는 걸까요? 그 이유는 간단합니다. 우리가 노동해서 생산한 것들을 인간들이 몽땅 빼앗아가 버리기 때문입니다. 여러분, 문제의 해답이 바로 여기에 있습니다. 한마디로 문제의 근원은 바로 인간입니다. 인간이야말로 우리의 유일한 적입니다. 인간을 여기서 추방한다면 굶주림과 과로는 모조리 사라질 것입니다.

인간은 이 지구상에서 유일하게 생산하지 않고 소비만 하는 동물입니다. 그들은 젖을 만들어내지도 못하고, 알도 낳지 못합니다. 힘이 약해서 쟁기도 끌지 못하며, 산토끼를 잡을 만큼 빨리 뛰지도 못합니다. 그런데도 그들은 모든 동물을 지배합니다. 우리를 부려먹으면서도 먹을 거라고는 겨우 목숨을 연명할 정도만 줄 뿐 나머지는 자기들이 다 챙깁니다. 우리가 땅을 갈고, 우리의 분뇨로 땅을 비옥하게 만드는데도 우리는 볼품없는 몸뚱이 말고 아무것도 가진 것이 없잖습니까?

내 앞에 있는 암소 여러분만 하더라도 지난 1년 동안 짜낸 우유가 수천 갤런이나 되지 않습니까? 그런데 튼튼한 송아지를 기르는 데 써야 할 그 우유는 어떻게 됐습니까? 한 방울도 남김없이 적들의 목구멍으로 넘어가 버렸습니다. 암탉 여러분, 당신들은 1년 동안 얼마나 많은 알을 낳았습니까? 그런데 그중 병아리로 부화한 것이 과연 몇 개나 됩니까? 대부분의 달걀은 시장에 내다 팔려 존스와 그의 일당들 주머니만 불리지 않았습니까?

그리고 클로버 당신이 낳은 망아지 네 마리는 지금 어디 있습니까? 노후에 의지할 수도 있고 즐거움을 줄 망아지들 모두 한 살이 되기 무섭게 팔려나갔습니다. 앞으로 어떤 자식도 보지 못할 것입니다. 네 번이나 해산했고, 힘들게 일했지만, 돌아온 것이라고는 감질나는 먹이와 보잘것없는 마구간 외에 또 무엇이 있단 말입니까?

그리고 우리는 이 비참한 삶마저 명대로 살지 못합니다. 나는 비교적 운이 좋은 편이라 별 불만은 없습니다. 나는 열두 살이 되었고, 자손도 4백 마리가 넘으니까요. 이것이 본래 돼지의 삶입니다. 그렇지만 어떤 동물도 마지막에는 잔인한 칼을 피할 수 없습니다. 내 앞에 앉아 있는 젊은 식용 돼지 여러분, 여러분 모두 1년 안에 푸줏간의 도마 위에서 비명을 지르며 숨통이 끊어질 것입니다. 우리 모두 그처럼 처참한 꼴을 당하게 될 겁니다. 암소, 돼지, 암탉, 양 모두 말입니다.

말이나 개라고 해서 더 좋은 운명을 타고나는 것도 아닙니다. 복서, 당신도 그 거대한 근육이 힘을 쓰지 못하게 되는 바로 그날 존스가 당신을 폐마 도축업자에게 팔아넘길 것입니다. 그 도축업자는 당신 목을 쳐서 그것을 삶아 사냥개의 먹이로 줄 것입니다. 개도 마찬가지입니다. 늙어서 이빨이 빠지면 존스는 개의 목에 벽돌을 매달아 가까운 연못에 던져버릴 것입니다.

동지 여러분, 그렇다면 우리 삶의 모든 재앙이 인간의 폭정에서 비롯되었다는 사실이 너무나도 명명백백하지 않습니까? 인간을 몰아내기만 하면 우리의 노동으로 생산된 모든 것을 우리가 가지게 될 것입니다. 하룻밤 사이에 우리는 부유해지고 자유로워질 것입니다. 그렇게 되려면 우리는 어떻게 해야 할까요? 밤낮으로 절치부심해서 인간의 멸망을 꾀하는 것입니다.

동지 여러분, 이것이 내가 여러분에게 전하는 메시지입니다. 반란을 일으킵시다. 나는 그 반란이 언제 일어날지 모릅니다.

일주일 뒤가 될 수도 있고, 백 년 뒤가 될 수도 있습니다. 그러나 언젠가 정의의 날이 온다는 사실은 내 발밑에 있는 짚 더미를 보는 것만큼이나 명백합니다. 동지 여러분, 살아가는 동안 이 점을 명심합시다. 그리고 무엇보다 나의 이 메시지를 여러분의 다음 세대에게 전해서 그 세대가 최후의 승리를 거둘 때까지 계속 투쟁하게 합시다.

그리고 동지 여러분, 이 결의가 결코 흔들려서는 안 된다는 사실을 명심합시다. 어떠한 얘기에도 현혹되어 갈팡질팡해서는 안 됩니다. 인간과 동물은 공통의 이해관계를 가지고 있다든지, 인간의 번영이 곧 동물의 번영이라는 말로 유혹하더라도 절대 귀 기울이지 마십시오. 그것은 모두 거짓말입니다. 인간들은 결코 자신들 말고 다른 생물의 이익을 위해 봉사하지 않습니다. 그러니 우리 동물들은 투쟁을 위해 일치단결하고 완전한 동지애를 이룩합시다. 모든 인간은 우리의 적이요, 모든 동물은 우리의 동지입니다."

바로 이때 소동이 일어났다. 메이저가 연설하는 동안 커다란 쥐 네 마리가 구멍에서 기어 나와 한구석에 자리 잡고 앉아 연설을 듣고 있었는데, 마침 거기 있던 개들이 그들을 발견했던 것이다. 쥐들은 재빨리 구멍 속으로 도망쳐 간신히 위기를 모면했지만, 자칫 개들이 덮쳐 목숨을 잃을 뻔했다. 메이저는 앞발을 들어 조용히 하라고 했다.

"동지 여러분, 여기서 결정해야 할 문제가 하나 있습니다. 쥐나 토끼 같은 들짐승들이 우리의 친구입니까, 아니면 우리의 적입니까? 이 문제를 표결에 부칠 것을 제안합니다. 쥐는 우리의 동지입니까?"

곧 투표에 들어갔고, 압도적으로 많은 동물들이 쥐가 동지라는 쪽에 표를 던졌다. 적이라고 한 것은 개 세 마리와 고양이 한마리를 합해서 겨우 넷뿐이었다. 나중에 고양이는 양쪽 다 투표한 사실이 밝혀졌다. 메이저는 계속 말했다.

"이제 더 이상 할 말이 없습니다. 다만 다시 한번 말하건대 인간과 인간의 모든 행실에 대해 적개심을 품는 것이 여러분의 의무라는 것을 잊지 마십시오. 두 다리로 걷는 자는 모두 우리의 적이며, 네 다리로 걷거나 날개를 가진 자는 모두 우리의 친구입니다. 그리고 인간과 맞서 싸우면서도 결코 그들을 닮아가서는 안 된다는 점도 명심해야 합니다. 여러분이 인간을 정복한 뒤에도 인간의 악덕을 배워서는 안 됩니다.

어떠한 동물도 집에서 살거나 침대에서 자거나 옷을 입거나 술을 마시거나 담배를 피우거나 돈을 만지거나 장사를 해서는 안 됩니다. 인간의 습성은 모두 나쁜 것입니다. 그리고 무엇보다 같은 동물을 탄압해서는 안 됩니다. 강하든 약하든, 현명하든 우둔하든 우리 모두는 형제입니다. 어떤 동물도 절대 다른 동물을 죽여서는 안 됩니다. 모든 동물은 평등합니다.

자, 동지 여러분, 이제부터 내가 간밤에 꾸었던 꿈 얘기를 들려주겠습니다. 여러분한테 그 꿈을 그대로 묘사할 수는 없지만, 어쨌든 그것은 인간이 이 지상에서 사라진 그런 꿈이었습니다. 그러나 그 꿈을 꾸고 나서 오랫동안 잊고 있었던 기억을 떠올리게 되었습니다.

오래전 내가 새끼 돼지였을 적에 내 어머니와 다른 암퇘지들이 옛날 노래를 부르곤 했는데 그들은 세 마디 가사와 곡조밖에 몰랐습니다. 나도 어렸을 때는 그 노래를 알고 있었지만 언제부터인가 잊어버렸습니다. 그런데 간밤의 꿈속에서 그 노래가 생각났습니다. 더구나 노랫말까지 기억난 것입니다. 오래전 동물들이 불렀던 노래, 몇 세대가 지나면서 잊혀진 노래 말입니다. 동지 여러분, 내가 그 노래를 불러보겠습니다. 늙어서 목소리가

쉬기는 했지만 여러분에게 들려주면 금방 따라 부를 수 있을 것
입니다. 제목은 〈영국의 동물들〉입니다."

메이저는 목을 가다듬고 노래를 부르기 시작했다. 그가 말한
대로 거칠고 쉰 목소리였지만 노래는 잘 부르는 편이었다. 가슴
을 뒤흔드는 그 노래는 〈클레멘타인〉과 〈라 쿠카라차〉의 중간
쯤 되는 곡조였다. 가사는 이랬다.

영국의 동물들아, 아일랜드의 동물들아,

지상의 모든 동물들아!

내 기쁜 소식을 들어라.

곧 황금시대가 도래한다는 이 기쁜 소식을.

곧 그날이 오리라.

폭군 인간이 물러가고

영국의 비옥한 들판이

동물들의 것이 되는 그날이.

우리의 코에서 코뚜레가 사라지고,

우리의 등에서 마구가 벗겨지며,

재갈과 박차(拍車)는 영원히 녹슬고,

가혹한 채찍질도 사라지리라.

마음속에 그려보지도 못한 풍요가,

밀과 보리, 귀리와 건초,

토끼풀과 콩과 사탕무가

그날부터 모두 우리 것이 되리라.

영국의 들판은 밝게 빛나고

강물은 더욱 맑게 흐르며

미풍은 감미롭게 불어오리라.

우리가 자유로워지는 그날에.

그날을 위해 우리 모두 일해야 하리라.

비록 사슬을 끊기 전에 죽더라도

소와 말, 거위와 칠면조도

모두 다 자유를 위해 일해야 하리라.

영국의 동물들아, 아일랜드의 동물들아,

지상의 모든 동물들아!

내 소식 잘 듣고 온누리에 전파하라.

이제 곧 황금시대가 도래한다는 것을.

메이저의 노래를 듣고 동물들은 열광했다. 메이저가 이 노래를 미처 끝내기도 전에 그들은 흥얼거리며 따라 부르기 시작했다. 우둔한 동물들도 벌써 곡조와 가사 두어 마디를 외웠고, 돼지나 개처럼 영리한 짐승들은 몇 분 안 되어 노랫말을 모두 외웠다.

그러고 나서 몇 번 연습한 다음 농장 전체가 떠나갈 듯 큰 소리로 〈영국의 동물들〉을 부르기 시작했다. 암소는 음매, 개는 컹컹, 염소는 매, 말은 히힝, 오리는 꽥꽥거리며 노래 불렀다. 그들은 이 노래가 너무나 흥겨워 다섯 번이나 연거푸 불렀는데 아마 방해하는 것이 없었다면 밤새도록 불렀을 것이다.

불행하게도 이 소리에 잠을 깬 존스 씨가 자리를 박차고 일어났다. 그는 마당에 여우라도 들어왔나 싶어 늘 침실 구석에 세워두는 총을 들고 어둠을 향해 여섯 발이나 쏘아댔다. 총알이 날아와 헛간 벽에 박혔고, 동물들의 모임이 순식간에 끝났다.

동물들은 부랴부랴 각자 우리로 돌아갔다. 새들은 횃대로 날아올라 앉았고, 다른 동물들은 짚 더미 위에 엎드렸다. 농장은 아무 일 없었다는 듯 금세 잠잠해졌다.

제2장

사흘 뒤 메이저는 잠을 자다가 조용히 세상을 떠났다. 그는 과수원 아래쪽에 묻혔다. ·

3월 초순의 일이었다. 그 후 석 달 동안 극히 비밀스러운 활동이 진행되고 있었다. 메이저의 연설은 농장의 총명한 동물들에게 새로운 인생관을 심어주었다. 그들은 메이저가 예언한 반란이 언제 일어날지 알 수 없었고, 또 그들이 살아 있는 동안 일어나리라고 확신할 수도 없었지만 그래도 그것을 준비하는 것이 자신들의 의무라는 것을 분명하게 인식하고 있었다.

동물들 중에 돼지가 가장 총명하다는 것은 모든 동물들이 인정하는 사실이었으므로 다른 동물들을 가르치고 조직하는 일은 자연스레 돼지들의 몫이었다. 농장의 돼지 중에서도 존스 씨가 팔아먹기 위해 기르고 있는 스노볼과 나폴레옹이라는 젊은 수퇘지 두 마리가 단연 뛰어났다. 나폴레옹은 몸집이 크고 사납게 생긴 이 농장 유일의 버크셔종(種) 수퇘지였다. 그는 말주변은 없었지만 고집이 세어서 자신의 뜻을 관철하는 것으로 정평이 나 있었다.

스노볼은 나폴레옹에 비하면 훨씬 쾌활하고 말도 잘했으며 재주도 많았지만 나폴레옹보다 심지가 굳지 못한 편이었다. 농장의 나머지 돼지들은 모두 식용 돼지였다.

식용 돼지 중에는 몸집이 작고 뚱뚱한 스퀼러가 유독 눈에 띄었다. 둥그런 볼에 반짝이는 눈을 가졌고 행동이 민첩했으며 목소리는 날카로웠다. 그는 말재주가 뛰어나 무언가 어려운 문제를 두고 토론할 때면 이리저리 뛰면서 꼬리를 흔들어대는 버릇이 있었는데 그 모습이 매우 설득력 있어 보였다. 스퀼러라면 말만으로 검은 것을 흰 것으로 바꿀 수도 있을 거라고 동물들은 말했다.

메이저의 가르침을 완전한 사상체계로 정립하고 '동물주의'라는 명칭을 붙인 것은 이들 돼지 세 마리였다. 일주일에 몇 번씩 그들은 존스 씨가 잠든 뒤 헛간에서 비밀회합을 열어 동물주의 원칙을 다른 동물들에게 설명했다.

처음에 그들은 많은 동물들의 우둔함과 냉담함에 부딪혔다. 어떤 동물들은 존스 씨를 '주인님'이라고 부르면서 그에 대한 충성을 들먹였다. 어떤 동물은 "존스 씨가 우리를 먹여 살리고 있습니다. 그분이 없으면 우리는 필시 굶어 죽을 겁니다." 라고 볼멘소리를 했다. 또 "우리가 죽은 뒤의 일을 왜 우리가 걱정해야 하나요?", "어차피 반란이 일어나게 되어 있다면 우리가 그것을 위해 노력하든 안 하든 뭐가 달라진단 말입니까?"라고 묻기도 했다.

그래서 돼지들은 그런 생각들이 동물주의 정신에 위배된다는 것을 이해시키느라 진땀을 뺐다. 그중 가장 어리석은 질문을 한 것은 암말 몰리였다. 몰리가 스노볼에게 한 첫 번째 질문은 어이없게도 "반란 후에도 설탕이 지급될까요?"라는 것이었다.

"아니요. 이 농장에는 설탕을 만들 설비가 없습니다. 게다가 당신은 더 이상 설탕이 필요 없을 겁니다. 귀리든 건초든 먹고 싶은 만큼 배불리 먹을 수 있을 테니까요."

스노볼이 단호하게 말했다.

"그럼 그때도 내 갈기에 리본을 달 수 있나요?"

몰리가 또 물었다.

"동지, 당신이 그렇게 애지중지하는 그 리본은 노예의 표시요. 자유가 리본보다 더 값진 것임을 모른단 말이오?"

몰리는 그 말을 수긍하는 듯했으나 완전히 이해하지 못한 듯했다.

돼지들은 길든 집까마귀 모제스가 퍼뜨린 거짓말을 수습하느라 곤욕을 치르기도 했다. 존스 씨의 총애를 받고 있는 모제스는 첩자에다 고자질쟁이였고, 또한 능란한 화술가이기도 했다. 그는 동물이 죽으면 모두 간다고 하는 소위 '사탕과자 산'이라는 신비한 나라가 실제로 있다고 주장했다. 그 산이 하늘 높이, 구름 너머 어딘가에 있다는 것이다. 그리고 사탕과자 산에서는 매일 휴일이고, 1년 내내 토끼풀이 무성하며, 숲에는 각설탕과 아마(亞麻)씨 과자가 열린다고 했다.

동물들은 모제스가 일은 하지 않고 떠들고 다니기만 한다고 그를 싫어했지만 그 신비한 나라를 믿는 동물들도 꽤 있었다. 돼지들은 이 세상 어디에도 그런 산은 없다고 설득하느라 진땀깨나 흘려야 했다.

돼지들의 가장 충실한 제자는 짐마차를 끄는 복서와 클로버였다. 이 두 말은 어떤 일이든 골치 아프게 생각하는 것은 딱 질색이어서 일단 돼지들을 스승으로 삼은 뒤로는 그들 말이라면 무엇이든 받아들이고 그것을 간단히 요약해 다른 동물들에게 전했다. 그들은 헛간 비밀회합에 빠지지 않고 참석해 〈영국의 동물들〉을 먼저 불렀으며 언제나 이 노래를 끝으로 회합이 끝났다.

그런데 신기하게도 메이저가 예언한 반란은 모두 기대했던 것보다 훨씬 빨리, 그리고 우연한 기회에 싱겁게 이루어졌다.

지난 수년 동안 존스 씨는 동물들에게는 가혹한 주인이었지만 한편으로는 수완 좋은 농장주였다. 그러나 최근에는 하는 일마다 꼬였다. 그는 어떤 소송에 져서 큰돈을 날리고 실망한 나머지 몸 생각은 하지 않고 술독에 빠져 지냈다. 존스 씨는 몇 날 며칠 계속 주방의 윈저 의자에 앉아 신문을 읽으면서 술을 마셨고, 가끔 맥주에 적신 빵 조각을 모제스에게 먹이기도 했다. 그러니 일꾼들은 주인을 속이며 게으름을 피웠고 밭에는 잡초가 무성했다. 축사 지붕은 떨어져 나갔고, 망가진 울타리는 그냥 내버려뒀으며, 동물들에게 먹이도 제대로 주지 않았다.

6월이 오고 건초용 풀을 벨 때가 거의 다 된 성 요한 축일(6월

24일—옮긴이) 전날이었다. 그날은 마침 토요일이었는데 존스 씨는 윌링던에 갔다가 레드 라이온 술집에서 어찌나 과음을 했던지 다음 날 일요일 점심때나 되어서야 집으로 돌아왔다. 일꾼들은 아침 일찍 우유를 짜고 나서 동물들에게 먹이도 주지 않고 토끼몰이를 나갔다.

존스 씨는 집에 돌아오자 거실 소파에서 〈세계의 뉴스〉 신문으로 얼굴을 덮고 곧 잠이 들어버렸다. 그래서 동물들은 저녁때까지 아무것도 먹지 못했다. 동물들은 더 이상 참을 수가 없었다. 암소 한 마리가 뿔로 식량 창고 문을 들이받아 부수자 동물들은 우르르 몰려가 허기를 채웠다.

바로 그때 존스 씨가 잠에서 깨어났다. 그와 일꾼 넷이 채찍을 들고 식량 창고로 들어와 닥치는 대로 휘둘러댔다. 굶주린 동물들로서는 도저히 참을 수 없는 일이었다. 사전에 계획을 세운 것도 아니었건만 동물들은 일제히 학대자들에게 덤벼들었다.

존스 씨와 그의 일꾼들은 전에 없이 동물들 머리에 받히고 발길에 차였다. 사태는 걷잡을 수 없을 정도로 험악해졌다. 동물들이 이런 난동을 부린 적이 한 번도 없었고 마음대로 채찍질과 학대를 해댔던 동물들에게 난데없이 공격을 받은 그들은 너무 놀라 정신이 없었다. 그들은 이리저리 동물들을 피해 몸을 사리다가 모든 걸 포기하고 도망쳤다. 그들 5명은 큰길로 통하는 마찻길로 급히 달아났고, 동물들은 의기양양해서 그들을 뒤쫓았다.

존스 부인은 침실 창문으로 이 광경을 내다보다가 사태를 알아차리고는 몇 가지 소지품을 허겁지겁 가방에 챙겨 다른 문을 통해 농장을 빠져나갔다. 모제스는 홰대를 차고 올라 까악까악 울면서 그녀의 뒤를 쫓아 날아갔다.

동물들은 존스 씨 일당을 큰길로 쫓아버리고 5개의 빗장이 달린 농장 문을 닫아걸었다. 그리하여 무슨 일이 일어났는지 자신들도 제대로 알지 못하는 사이 '반란'을 일으켜 승리한 것이다. 존스 씨는 쫓겨났고 매너 농장은 동물들 차지가 되었다.

처음 얼마 동안 동물들은 자신들에게 찾아온 행운을 믿을 수 없었다. 그들은 맨 먼저 농장에 인간이 하나도 없다는 것을 확인하려는 듯 무리 지어 농장을 한 바퀴 둘러보았다. 그리고 나서 농장 축사로 달려가 가증스런 지배의 흔적을 말끔히 없애버렸다.

외양간 한쪽 구석 마구(馬具) 넣어두는 방을 부수고 들어가 재갈, 코뚜레, 개 사슬 그리고 존스 씨가 돼지와 새끼 양을 거세하는 데 사용했던 끔찍한 칼 등을 전부 우물 속에 던져버렸다. 고삐, 굴레, 눈가리개 그리고 치욕적인 여물 망태 따위는 마당에 지핀 불더미에 던져 넣었다. 채찍도 같은 방법으로 처리했다. 동물들은 채찍이 불타오르는 것을 보고 기쁨에 넘쳐 날뛰었다. 스노볼은 장날이면 으레 말갈기와 말 꼬리에 달던 리본도 불 속에 던졌다.

"리본도 인간의 의복입니다. 어떤 동물도 옷을 입어서는 안 됩니다."

이 말을 듣고 복서는 여름에 파리가 귓가에 몰려드는 것을 막기 위해 썼던 작은 밀짚모자를 가져와 불 속에 던져버렸다.

삽시간에 동물들은 존스 씨를 생각나게 하는 모든 것들을 없애버렸다. 그런 다음 나폴레옹은 동물들을 식량 창고로 데리고 가 모두에게 정량보다 많은 옥수수를 나눠 주었고, 개들에게는 비스킷 먹이를 각각 2개씩 주었다. 그리고 나서 그들은 〈영국의 동물들〉을 처음부터 끝까지 연거푸 일곱 번이나 부르고 나서야 잠자리에 들어 일찍이 맛보지 못한 단잠에 빠졌다.

동물들은 여느 때처럼 새벽에 눈을 떴다. 그리고 문득 어제의 영광스러운 일을 떠올리고 약속이나 한 듯 목장으로 달려갔다.

목장 아래쪽에는 농장이 한눈에 내려다보이는 작은 언덕이 있었다. 그들은 그곳에 올라가 빛나는 아침 햇살을 받으며 사방을 둘러보았다.

그랬다. 이제 이 목장은 그들의 것이었다. 눈에 들어오는 모든 것이 다 그들의 것이었다. 그런 생각이 들자 가슴이 벅차올라 흥분을 억누르지 못하고 펄쩍펄쩍 뛰었다. 아침 이슬 속에 굴러 보기도 했고, 신선한 여름풀을 한입 뜯기도 했으며, 검은 흙덩이를 차올려 그 구수한 냄새를 맡아보기도 했다.

동물들은 다시 농장으로 돌아가 마치 이런 것들을 한 번도 본 적 없는 듯 경작지와 건초밭, 과수원, 연못, 숲 등을 둘러보았다. 농장의 그 모든 것이 자신들 것이라고는 도저히 믿어지지 않았다.

이윽고 그들은 농장 건물 쪽으로 가서 농장주가 살던 본채 문 앞에 이르렀다. 그러자 갑자기 입을 다물고 주춤거렸다. 이 집도 그들의 것이 되었지만 안으로 들어가자니 겁이 났던 것이다.

잠시 후 스노볼과 나폴레옹이 어깨로 문을 들이받아 열어젖히자 동물들은 일렬로 들어갔다. 그들은 집 안에 있는 물건들을 망가뜨릴까 봐 조심조심 발끝으로 걸으며 이 방 저 방 둘러보았다. 말소리를 내기도 조심스러워 귀엣말로 속삭이며 깃털 이불을 깔아놓은 침대, 거울과 말총 소파, 브뤼셀 양탄자와 거실 벽난로 위에 걸린 빅토리아 여왕의 석판화 등 믿을 수 없을 정도로 화려한 사치품들을 경외로운 눈길로 쳐다보았다.

그들은 층계를 내려오다가 뒤늦게 몰리가 없어진 사실을 알았다. 되돌아가 보니 몰리는 침실에 있었다. 그녀는 존스 부인의 화장대에서 푸른 리본을 집어 그것을 어깨에 걸치고 거울에 비친 자신의 모습을 홀린 듯이 바라보고 있었다. 동물들은 몰리를 호되게 몰아붙이고 나서 밖으로 나왔다. 주방에 걸려 있던 돼지고기 햄을 땅속에 묻기 위해 끌어내렸고, 맥주통은 복서가 발굽으로 차 박살냈다. 그 밖의 다른 물건은 손대지 않았다. 이 본채를 박물관으로 보존하자는 안이 즉석에서 만장일치로 결정되었던 것이다. 어떤 동물도 그곳에서 살아서는 안 된다는 제의도 모두 동의했다.

동물들이 아침 식사를 마치고 나자 스노볼과 나폴레옹은 그들을 또다시 소집했다. 스노볼이 말했다.

"동지 여러분! 지금은 6시 30분입니다. 아직 긴 하루가 남았습니다. 오늘은 건초 수확을 시작할 예정이지만 그보다 먼저 해야 할 일이 있습니다."

돼지들은 이제야 밝히는 것이지만 지난 3개월 동안 자신들은 존스 씨의 아이들이 쓰다가 쓰레기통에 버린 낡은 철자 교본을 가지고 독학으로 읽고 쓰는 법을 배웠다고 공개했다.

나폴레옹은 검은색과 흰색 페인트 통을 가져오라고 한 다음 큰길로 통하는 5개의 빗장이 달린 정문 쪽으로 동물들을 안내했다. 글씨를 제일 잘 쓰는 스노볼이 앞발의 두 발톱 사이에 붓을 끼우고 문짝 맨 위의 빗장에 써놓은 '매너 농장'이라는 글자를 지우고 그 자리에 페인트로 '동물농장'이라고 썼다. 이 농장의 새 이름이었다. 그런 다음 그들은 농장 건물로 돌아왔다. 스노볼과 나폴레옹은 사다리를 가져오게 해서 그것을 커다란 헛간 벽 한쪽에 걸쳐놓았다.

돼지들은 지난 3개월 동안 연구 끝에 동물주의 원칙을 일곱 가지로 요약했다고 설명했다. 이 원칙들이 이제부터 벽에 쓰여질 것이며, 이것은 동물농장의 모든 동물들이 앞으로 살아가면서 영구히 지켜야 할 불변의 율법이 될 것이라고 했다.

돼지가 사다리에서 균형을 잡기란 쉬운 일이 아니었기 때문에 스노볼은 갖은 애를 쓰며 사다리를 기어올라 가서 글씨를 쓰

기 시작했다. 스퀄러는 두서너 계단 밑에서 페인트 통을 들어
주었다. 그 원칙은 타르 칠을 한 시커먼 벽에 흰색 페인트로 씌
어졌기 때문에 30야드(약 27미터—옮긴이) 떨어진 곳에서도 읽을 수
있었다. 7개 원칙은 다음과 같았다.

동물주의 7개 원칙

1. 두 다리로 걷는 자는 모두 적이다.

2. 네 다리로 걷거나 날개가 있는 자는 친구다.

3. 어떤 동물도 옷을 입어서는 안 된다.

4. 어떤 동물도 침대에서 잠을 자서는 안 된다.

5. 어떤 동물도 술을 마셔서는 안 된다.

6. 어떤 동물도 다른 동물을 죽여서는 안 된다.

7. 모든 동물른은 평등하다.

글씨는 아주 깔끔하게 쓰여졌다. '친구'가 '천구'로 쓰이고,
'들'자 하나가 거꾸로 씌어진 것 외에는 철자도 모두 정확했다.
스노볼이 동물들을 위해 큰 소리로 읽어주었다. 모든 동물들은
동의한다는 뜻으로 고개를 끄덕였고, 영리한 동물들은 즉시 그

7개 원칙을 외우기 시작했다.

이윽고 스노볼은 붓을 내던지면서 소리쳤다.

"자, 동지 여러분! 건초밭으로 갑시다. 우리의 명예를 걸고서라도 존스와 그의 일꾼들보다 더 빨리 건초를 거둬들이도록 합시다."

그러나 바로 이때, 얼마 전부터 불편해 보였던 암소 세 마리가 음매 하고 큰 소리로 울었다. 그들은 24시간 동안 젖을 짜지 않아 젖이 통통 불어서 터질 지경이었던 것이다. 돼지들은 잠시 생각하더니 양동이를 가져오게 해서 꽤 솜씨 있게 젖을 짜주었다. 돼지들의 네 다리는 젖을 짜는 데 안성맞춤이었다. 많은 동물들이 호기심 어린 눈으로 지켜보는 가운데 5개의 양동이는 금세 거품이 이는 진한 우유로 가득 찼다.

"그렇게 많은 우유를 다 어떻게 할 겁니까?"

누군가가 물었다.

"존스는 우리 먹이에 우유를 조금씩 섞어주곤 했어요."

암탉 한 마리가 나섰다.

"우유 걱정일랑 하지 마시오, 동지 여러분!"

나폴레옹이 양동이 앞으로 나서면서 소리쳤다.

"그건 나중에 해결해도 됩니다. 그보다 건초 거둬들이는 일이 더 급합니다. 스노볼 동지를 따르시오. 나도 곧 따라가겠습니다. 동지 여러분, 앞으로! 건초가 기다리고 있습니다."

그리하여 동물들은 건초를 거두러 밭으로 달려갔다. 그리고 그들이 저녁에 돌아왔을 때 우유는 어디론가 사라지고 없었다.

제3장

동물들은 건초를 수확하기 위해 얼마나 피땀 흘렸는지 모른다. 그러나 그들의 노력은 결코 헛되지 않았다. 건초 수확량이 기대 이상으로 늘었기 때문이다.

어떤 때는 일이 너무 힘들었다. 농기구는 사람들을 위해 만들어진 것이지 동물들을 위한 것이 아니었다. 뒷다리로 버티고 일어서야만 사용할 수 있는 기구는 여간 불편한 게 아니었다. 그러나 무척 영리한 돼지들은 문제가 생길 때마다 곧 해결해냈다. 말들은 건초밭에 대해 훤히 알고 있었고, 사실 풀을 베어 거두는 데는 존스 씨와 그의 일꾼들보다 훨씬 뛰어났다.

돼지들은 실제로 일은 하지 않고 다른 동물들을 지휘하고 감독했다. 지식이 풍부한 그들이 지휘하는 것이 당연했다. 복서와 클로버는 풀 베는 기계와 써레를 몸에 묶고(재갈이나 고삐는 더 이상 필요 없었다) 들판을 빙빙 돌았다. 돼지 한 마리가 뒤를 따르며 때때로 "이러!"라든지 "워워!"라고 소리쳤다. 몸이 약한 동물들도 빠짐없이 건초를 뒤집고 모으는 일을 했다. 심지어 오리와 암탉들도 온종일 뙤약볕 아래에서 왔다 갔다 하며 부리로 자잘한 풀 이파리를 물어 날랐다.

마침내 그들은 존스 씨와 그의 일꾼들이 보통 걸리는 시간보다 이틀이나 빨리 건초를 거둬들였다. 여태껏 이 농장에서는 볼 수 없었던 수확이었다. 버린 것은 하나도 없었다. 암탉과 오리들이 예리한 눈으로 마지막 한 줄기까지 주워 모았기 때문이다. 그리고 농장의 어떤 동물도 풀 하나 훔쳐 먹지 않았다.

여름 내내 농장 일이 시계처럼 정확하게 진행되었다. 동물들은 상상 이상으로 행복했다. 먹이를 입에 넣고 씹을 때마다 가슴이 벅차올라 기쁨을 주체할 수 없었다. 그것은 이제 구두쇠 주인이 찔끔찔끔 던져주던 먹이가 아니라 동물들 스스로 생산한 것이었기 때문이다.

아무짝에도 쓸모없는 버러지 같은 인간이 사라졌기 때문에 각자 먹을 식량이 더 많아졌다. 또한 어떻게 보내야 할지 알 수 없지만 일찍이 맛보지 못한 여가도 생겼다. 물론 어려운 일도 많았다. 예를 들면 그해 가을 곡식을 거둬들였지만 농장에 탈곡기가 없어 옛날 방식으로 발로 밟아 껍질을 까서 겨를 후후 불어야 했다. 그러나 돼지들의 지혜와 복서의 놀라운 힘으로 이 문제는 곧 해결되었다.

복서는 모든 동물들의 찬탄의 대상이었다. 그는 존스 씨 밑에서도 성실하게 일했지만 지금은 말 세 마리 몫의 힘을 발휘하고 있었다. 농장의 모든 일이 그의 양 어깨에 달린 듯할 때도 있었다. 아침부터 저녁까지 그는 열심히 일했고, 힘든 일이 생길 때마다 항상 그가 나타났다.

복서는 젊은 수탉한테 아침에 다른 동물들보다 30분 일찍 깨워달라고 부탁해두었다. 농장 일이 시작되기 전에 가장 급하다고 생각되는 일을 먼저 하기 위해서였다. 문제가 생길 때마다, 곤란한 일에 부딪힐 때마다 그는 "더 열심히 일하자!"라고 말했는데, 이것을 자신의 좌우명으로 삼고 있었다.

모든 동물들이 각자 능력에 맞춰 열심히 일했다. 예를 들어 암탉과 오리들은 수확 때 떨어진 이삭을 주워 곡식을 열 말 정도 더 거뒀다. 이제는 식량을 훔치는 동물도, 식량 배급에 불평하는 동물도 없었다. 옛날 같으면 싸우기도 하고, 물어뜯기도 하며 질투하는 일이 허다했지만 지금은 그런 모습을 찾아볼 수 없었다. 그 어떤 동물도 꾀를 부리지 않았다. 아니, 몇몇을 제외하고는 거의 그랬다.

사실 몰리는 늦잠을 자거나 발굽에 돌이 박혔다는 핑계를 대고 일찌감치 일을 걷어치우는 버릇이 있었다. 그리고 고양이의 거동도 어딘가 수상했다. 할 일이 있을 때마다 고양이는 몇 시간 동안 사라졌다가 식사 때나 일이 끝난 저녁때 천연덕스럽게 나타나곤 했다. 하지만 그때마다 그럴듯한 변명을 했고, 무척 다정스럽게 목을 가르랑거렸기 때문에 고양이의 말을 믿지 않을 수 없었다.

당나귀 벤저민 영감은 반란 이후에도 전혀 변하지 않았다. 그는 존스 씨가 있을 때와 마찬가지로 느릿느릿 자기 일을 했다. 그리고 주어진 일을 피하려고 하지도 않았지만 더 하려고도 하지 않았다. 반란과 그 결과에 대해 그는 아무런 의견도 피력하지 않았다. 존스 씨가 없으니 전보다 더 행복하지 않느냐고 물으면 그는 다만, "당나귀는 오래 살아. 너희 중 누구도 죽은 당나귀를 본 적이 없을걸."이라고 말할 뿐이었다. 다른 동물들은 이

수수께끼 같은 대답을 듣는 것으로 만족해야 했다.

일요일에는 어떤 동물도 일하지 않았다. 평일보다 한 시간 늦게 아침 식사를 했고, 식사 후에는 어김없이 의식이 거행되었다. 그 의식은 먼저 깃발 게양식부터 시작되었다. 스노볼의 설명에 의하면 깃발의 녹색은 영국의 푸른 들판을 상징하고, 발굽과 뿔은 마침내 모든 인간을 정복했을 때 수립될 미래의 동물공화국을 상징한다고 했다.

게양식이 끝나면 모든 동물들은 회합에 참석하기 위해 큰 헛간에 모였다. 그곳에서 다음 주의 작업 계획이 세워지고 제출된 결의안에 대해 토의했다. 결의안을 내놓는 것은 언제나 돼지들이었다. 다른 동물들은 투표는 할 줄 알았지만 그들 나름의 결의안을 생각해내지 못했다.

토론에 가장 적극적인 동물은 스노볼과 나폴레옹이었다. 그러나 이들 둘은 서로 의견이 일치한 적이 없었다. 어느 한쪽이 무언가를 제안하면 다른 쪽은 언제나 반대를 했다. 일을 할 수 없게 되어 은퇴한 동물들의 휴양지로 과수원 뒤쪽 조그만 풀밭을 따로 남겨두자고 결정했을 때도(이 제안 자체는 어떤 동물도 이의를 제기하지 않았다) 동물들의 은퇴 시기를 두고 격렬한 논쟁이 벌어졌다. 회합은 늘 〈영국의 동물들〉을 합창하는 것으로 끝났고, 오후는 자유 시간이었다.

돼지들은 마구 창고를 자기들의 본부로 정했다. 밤이 되면 그곳에 모여 농장 본채에서 가져온 책으로 대장일과 목공, 기타 필요한 기술을 공부했다.

스노볼은 이른바 '동물위원회'를 조직하는 일로 바빴다. 그는 이 일에 대해 지칠 줄 모르는 끈기를 발휘했다. 그는 글을 읽고 쓰기를 배우는 그룹을 만드는 것 외에도 암탉들에게는 '달걀생산위원회', 암소들에게는 '꼬리청결동맹'을 결성하도록 주문했다. '야생동지재교육위원회(쥐와 토끼를 길들이려는 목적이었다)'와 양들에게는 '순백양모운동' 등 갖가지 조직을 만들었다. 그러나 대체로 이런 계획은 실패로 끝났다. 특히 야생동물을 길들이려는 시도는 거의 수포로 돌아갔다. 야생동물들은 번번이 전과 다름없이 행동했고, 관대하게 대하면 그것을 이용하려 들었다.

고양이는 재교육위원회에 참가해 며칠 동안은 무척 적극적이었다. 어느 날 그는 지붕 위에 앉아 멀리 떨어져 앉은 참새들에게 이야기를 건넸다. 동물들은 모두 한 가족이므로 원한다면 자기 발등에 와서 앉아도 좋다고 참새에게 말했다. 그러나 참새들은 가까이 오려고 하지 않았다.

그러나 학습반만은 결실을 보았다. 가을이 되자 농장에 있는 동물들 거의 모두 웬만큼 읽고 쓸 줄 알았다.

돼지들은 이미 완전하게 읽고 쓸 수 있었다. 개들은 꽤 잘 읽었지만 7개 원칙 이외의 다른 글에는 별 관심 없는 듯했다.

염소 뮤리엘은 개보다 더 잘 읽었는데 때때로 쓰레기 더미에서 발견한 신문지 조각을 들고 다른 동물들에게 읽어주기도 했다. 벤저민은 여느 돼지들 못지않게 잘 읽었지만 실력을 제대로 보여준 적은 한 번도 없었다. 그는 읽을 만한 것이 없다는 말로 대신했다. 클로버는 알파벳을 전부 익혔지만 낱말을 이을 줄은 몰랐다.

복서는 알파벳 D까지밖에 몰랐다. 그는 커다란 발굽으로 땅바닥에 A, B, C, D를 쓴 다음 귀를 뒤로 젖히고 가끔 앞머리를 흔들면서 글자를 뚫어지게 바라보았다. 그는 다음 글자를 생각해내려고 안간힘을 썼지만 끝내 성공하지 못했다. 사실 여러 번 E, F, G, H까지 익혔지만 그 글자들을 외우고 나면 언제나 앞 글자를 잊어버렸다. 그래서 그는 처음 네 글자로 만족하기로 하고 날마다 한두 번씩 기억을 되살려 그 글자들을 써보곤 했다.

몰리는 자기 이름 말고는 더 이상 배우려고 하지 않았다. 그녀는 나뭇가지로 자기 이름 철자를 예쁘게 맞춰보고는 꽃 한두 송이로 장식한 다음 그 주위를 빙빙 돌면서 감상했다.

다른 동물들은 A자 이상 익히지 못했다. 양이나 암탉, 오리 같은 우둔한 동물들은 7개 원칙도 외우지 못했다. 그래서 스노볼은 곰곰이 생각한 끝에 7개 원칙은 "네 다리는 좋고, 두 다리는 나쁘다."는 한마디로 요약할 수 있다고 정리했다. 이 격언에 동물주의 기본 원칙이 다 들어 있으며, 이 말을 제대로 파악하고 있으면 어떤 동물이든 인간의 영향을 받지 않는다는 것이었다. 그러자 처음에는 새들이 발끈했다. 왜냐하면 새들은 다리가 둘이었기 때문이다. 스노볼은 그렇지 않다고 부연 설명을 했다.

"동지 여러분, 새의 날개는 손과 같이 조작하는 기관이 아니라 추진 기관입니다. 그렇기 때문에 날개는 다리로 간주해야 합니다. 인간의 특징은 손인데, 이것이야말로 모든 악행을 저지르는 도구입니다."

새들은 스노볼의 장황한 설명을 이해할 수 없었지만 일단 그의 말을 받아들였다. 그래서 우둔한 동물들은 이 새로운 금언을 암기하기 시작했다. "네 다리는 좋고, 두 다리는 나쁘다."는 문구가 창고 한쪽 벽, 7개 원칙 위쪽에 그보다 크게 쓰여졌다. 양들은 일단 이것을 암기하고 나자 무척 마음에 들었다. 들판에 누워 있을 때면, "네 다리는 좋고, 두 다리는 나쁘다. 네 다리는 좋고, 두 다리는 나쁘다."고 외치곤 했는데 지칠 줄 모르고 몇 시간이나 계속했다.

나폴레옹은 스노볼의 무슨 무슨 위원회에는 관심이 없었다. 그는 어린 동물들의 교육이 장성한 동물들의 교육보다 훨씬 중요하다고 말했다. 마침 제시와 블루벨이 건초를 거둬들이고 나서 새끼를 낳았는데 양쪽 합해서 아홉 마리나 되는 튼튼한 강아지였다.

강아지들이 젖을 뗄 무렵 나폴레옹은 그들의 교육을 맡겠다는 이유로 어미로부터 모두 떼어 갔다. 그는 마구 창고에서 사다리가 있어야만 올라갈 수 있는 지붕 밑 다락방에 그들을 데려다 놓았다. 이렇게 외딴곳에 떨어져 있는 까닭에 나머지 동물들은 그들의 존재를 까맣게 잊고 말았다.

우유가 어디로 사라졌는지에 대한 의문은 곧 풀렸다. 그것은 매일 돼지들의 먹이 속에 섞여 들어갔다. 풋사과가 익기 시작하면서 과수원 풀밭에는 바람에 떨어진 사과들이 여기저기 흩어져 있었다. 동물들은 모두 이 사과를 공평하게 나눌 것이라는 기대에 차 있었다. 그러나 어느 날, 떨어진 사과를 전부 모아서 돼지들의 본부인 마구 창고로 가져오라는 명령이 떨어졌다.

이 말을 듣고 몇몇 다른 동물들은 투덜거렸지만 소용없는 일이었다. 돼지들은 모두 여기에 찬성했고, 스노볼과 나폴레옹도 당연하다는 듯이 받아들였다. 다른 동물들에게 설명해주려고 스퀄러가 파견되었다.

"동지 여러분! 여러분은 우리 돼지들이 이기심과 특권의식에서 이런 일을 하고 있다고 생각하지 않겠지요? 우리 중에는 사실 우유와 사과를 좋아하지 않는 돼지도 많습니다. 물론 나도 싫어하는 편이고요. 우리가 이것들을 먹는 단 하나의 이유는 우리의 건강을 유지하기 위해서입니다. 과학적으로 증명되었는데, 우유와 사과에는 돼지의 몸에 절대적으로 필요한 물질들이 함유되어 있습니다. 우리 돼지들은 머리를 쓰는 일꾼들입니다. 이 농장의 모든 관리와 조직이 우리 손에 달려 있습니다. 우리는 자나 깨나 여러분의 복지만 생각합니다. 그러므로 결국 우리가 우유를 마시고 사과를 먹는 것은 모두 여러분을 위한 것입니다. 우리 돼지들이 의무를 제대로 이행하지 못하면 무슨 일이 일어나겠습니까? 존스가 돌아올 것입니다. 그렇습니다. 분명 그가 돌아올 것입니다. 동지 여러분, 틀림없습니다."

스퀄러는 꼬리를 흔들고 왔다 갔다 하면서 호소하듯이 소리쳤다.

"여러분 중에 존스가 돌아오기를 바라는 자는 없겠지요?"

동물들이 존스 씨가 돌아오는 것을 바라지 않는다는 것은 신념처럼 확고한 것이었다. 설명을 듣고 나자 그들은 할 말이 없었다. 돼지들의 건강을 지키는 것이 매우 중요한 일인 것만은 명백한 사실이었다. 그래서 우유와 떨어진 사과, 그리고 다 익으면 거둬들일 사과도 돼지들 몫으로 비축해두어야 한다는 의견에 이의 없이 찬성했다.

제4장

동물농장에 대한 소문은 곳곳으로 퍼져 나가 늦여름 무렵에는 주(州)의 절반 이상이 알 정도였다. 스노볼과 나폴레옹은 날마다 비둘기들을 이웃 농장으로 보내 동물들에게 반란 이야기를 들려주고 〈영국의 동물들〉을 가르쳐주라고 지시했다.

한편 존스 씨는 윌링던에 있는 술집 레드 라이온에 죽치고 앉아 자기 이야기를 들어줄라치면 누구든지 붙들고 자기가 극악무도한 동물들에게 소유지를 빼앗기고 내쫓겼다고 억울함을 호소하며 하루하루를 보냈다. 이웃 농장주들은 처음에는 그에게 동정을 표했지만 그를 도우려고 하지 않았다. 내심 존스 씨의 불행을 이용해 어떻게든 이득을 볼 수 없을까 하고 남몰래 궁리하고 있었다는 표현이 더 맞을 것이다. 그러므로 동물농장과 경계를 맞대고 있는 두 농장주의 사이가 좋지 않은 것이 오히려 다행이었다.

두 농장 중 폭스우드라고 불리는 구식 농장은 넓기는 했지만 제대로 돌보지 않아 나무들이 무성하게 자라 목장 전체가 황폐했고 울타리도 엉성해 영 볼품없었다. 그런데도 이 농장의 주인 필킹턴 씨는 될 대로 되라는 식이어서 낚시와 사냥을 즐기며 한가롭게 보냈다. 또 다른 농장 핀치필드는 크기는 작아도 관리가 잘되어 있었다. 이 농장의 주인 프레드릭 씨는 영악하고 손해를 보기 싫어하는 사람이라 늘 소송에 연루되었고, 잇속 챙기기로 정평이 나 있었다. 이 두 농장주는 서로 헐뜯는 사이였기 때문에 무슨 일이든 상반된 의견을 내놓았다. 심지어 서로 득이 되는 일도 반대부터 하고 나섰다.

두 사람은 동물농장의 반란 소식을 듣고 하나같이 놀랐다. 혹시 자신들의 농장 동물들에게 이 사실이 알려질까 봐 조바심이 났다. 처음에는 그들도 "동물들이 직접 농장을 경영하다니, 그런 말도 안 되는 일이 어디 있느냐."며 웃어넘겼다. 보름 정도 지나면 모든 상황이 뒤집힐 거라고 말했다.

그들은 매너 농장(동물농장이라는 이름을 용납할 수 없었기

48

에 고집스럽게 매너 농장이라고 불렀다)의 동물들이 그렇게 버티다가 마침내 굶어 죽고 말 것이라는 소문을 퍼뜨렸다. 그러나 시간이 지나도 그런 일이 일어나지 않자 두 사람은 태도를 바꾸어 동물농장에서 행해지는 잔학상에 대해 부풀릴 대로 부풀려서 떠벌렸다. 그 농장에서는 동물들끼리 서로 잡아먹는 일이 자행되고 있으며, 빨갛게 달궈진 편자로 서로 고문을 하기도 하고 암놈들을 공유한다는 것이었다. 자연의 법칙을 거역한 대가라고 프레드릭 씨와 필킹턴 씨는 말했다.

그러나 이런 이야기는 그들의 계획처럼 효과를 발휘하지 못했다. 인간들을 쫓아내고 동물들이 모든 것을 운영하고 있는 멋진 농장에 관한 소문은 막연히 왜곡된 상태로 계속 퍼져 나갔다. 그해 내내 그 지방 일대에서는 반란의 파동이 그치지 않았다. 순하디순한 황소들이 갑자기 난폭해졌고, 양들이 울타리를 넘어뜨리고 풀을 모두 먹어치우는가 하면 암소들은 우유통을 걷어차 버렸다. 또 사냥꾼의 말들은 장애물을 뛰어넘는 대신 등에 올라탄 사람을 내동댕이치기도 했다.

그리고 무엇보다 〈영국의 동물들〉이라는 노래가 널리 퍼져 나갔다. 그것도 놀라울 정도로 급속히 퍼져갔다. 인간들은 이 노래를 듣고 경멸하는 표정으로 무시하려 했지만 끓어오르는 분노를 삭일 수는 없었다. 무지한 동물들이라고는 하지만 어쩌면 그렇게 어설프고 엉성한 노래를 부르게 되었는지 이해할 수 없다고 빈정거렸다. 그리고 어떤 동물이든 이 노래를 부르다 발각되면 그 자리에서 채찍질을 당했다.

그러나 노래를 막을 수는 없었다. 지빠귀는 울타리에서, 비둘기는 나무 위에서 이 노래를 불렀다. 그리고 그 곡조는 대장간의 소음과 교회 종소리에 자연스럽게 섞여 들어갔다. 인간들은 그 노래에 귀 기울이다가 미래의 운명에 대한 예언을 알아차리고는 불안감에 휩싸였다.

10월 초, 곡식을 거둬 쌓아두고 일부는 이미 타작까지 해놓았을 때였다. 비둘기 떼가 공중에서 맴돌다가 흥분한 모습으로 농장 마당에 내려앉았다. 존스 씨와 그의 일꾼들이 폭스우드와 핀치필드에서 온 남자 6명과 함께 5개의 빗장이 달린 정문을 지나 농장으로 통하는 마찻길을 올라오고 있다는 것이었다. 그들 모두 몽둥이를 들고 있었는데, 존스 씨는 총을 들고 앞장서서 오고 있다고 했다. 그들은 분명 농장을 되찾으려고 하는 듯했다.

이미 오래전부터 예상했던 일이었으므로 큰 동요는 없었다.

농장 본채에서 발견한 율리우스 카이사르의 낡은 전기(戰記)를 일찍부터 연구해온 스노볼이 지휘를 맡았다. 그는 재빨리 명령을 내렸고, 순식간에 동물들은 각자 맡은 위치에 섰다.

인간들이 농장 건물로 다가오자 스노볼은 첫 공격을 개시했다. 서른다섯 마리의 비둘기들이 일제히 사람들 머리 위로 날아가 공중에서 배설물을 갈기고 돌아왔다. 인간들이 이것을 닦느라 소란을 피우는 동안 울타리 뒤에 숨어 있던 거위들이 갑자기 뛰쳐나가 인간들의 종아리를 쪼아댔다.

그러나 이것은 약간의 혼란을 일으키기 위한 가벼운 몸풀기일 뿐이었다. 인간들은 몽둥이로 거위들을 쉽게 내쫓았다. 그러자 스노볼은 두 번째 공격을 명령했다. 뮤리엘과 벤저민과 모든 양들은 스노볼을 선두로 돌진해 사람들을 사방에서 찌르고 떠받았다. 특히 벤저민은 뒤로 돌아서서 발굽으로 인간들을 호되게 후려갈겼다. 그러나 이번에도 징 박힌 신발을 신은 인간들이 휘두르는 몽둥이가 그들보다 훨씬 강했다. 그때 갑자기 스노볼이 후퇴하라는 신호로 비명을 지르자 동물들 모두 몸을 돌려 마당으로 돌아왔다.

인간들은 승리했다는 듯 환호성을 올렸다. 그들은 예측한 대로 동물들이 도망가는 것을 보고 정신없이 추격했다. 그들은 스노볼의 전략대로 움직이고 있었다. 그들이 마당 한가운데 들어서자마자 축사에 잠복해 있던 말 세 마리와 암소 세 마리 그리고 남은 돼지들이 일제히 그들을 에워싸고 퇴로를 차단했다.

그다음 스노볼이 다시 공격 명령을 내림과 동시에 자신이 직접 존스 씨를 향해 돌진했다. 존스 씨는 그가 달려드는 것을 보고 총을 발사했다. 탄환은 스노볼의 등을 스치고 날아가 양 한 마리를 쓰러뜨렸다. 스노볼은 2백 파운드(약 91킬로그램—옮긴이)나 되는 육중한 몸을 이끌고 곧장 존스 씨의 다리를 향해 돌진했다. 스노볼의 반격에 존스 씨는 총을 떨어뜨리고 거름 더미에 나가떨어졌다.

그러나 무엇보다 놀라운 장면은 복서가 종마(種馬)처럼 뒷발을 딛고 일어서서 징을 박은 커다란 앞발로 후려치는 모습이었다. 그는 폭스우드에서 온 마구간지기 소년의 정수리를 쳤다. 소년은 진흙 바닥에 쭉 뻗었는데 그 광경을 보고 놀란 인간들이 몽둥이를 버리고 도망쳤다. 그들은 겁에 질려 벌벌 떨었다.

동물들이 일제히 마당을 빙빙 돌며 추격전을 벌였다. 인간들은 뿔로 받히고 발에 차이고 물리고 짓밟혔다. 농장 동물 중 제나름대로 인간들에게 복수를 하지 않은 동물은 한 마리도 없었다. 고양이까지 지붕에서 기척 없이 한 일꾼의 어깨 위로 뛰어내리면서 발톱으로 할퀴는 바람에 그는 기겁하며 비명을 질러댔다.

인간들은 마당을 벗어나 큰길로 도망친 다음에야 겨우 한숨 돌렸다. 인간들은 습격한 지 5분도 못 되어 거위 떼들에게 종아리를 마구 뜯기면서 조금 전에 왔던 그 길로 불명예스러운 후퇴를 하고 말았다.

침입자들은 마구간지기 소년을 두고 전부 도망쳤다. 마당에서는 복서가 진흙에 얼굴을 처박고 엎어져 있는 소년을 발굽으로 흔들면서 바로 눕히려고 애쓰고 있었다. 소년은 꼼짝도 하지 않았다.

"소년이 죽었어."

복서가 슬픔에 젖어 중얼거렸다.

"정말 그럴 생각은 아니었는데 발에 징이 박혀 있다는 걸 깜박했지 뭐야. 일부러 그런 게 아니라고 하면 누가 믿어줄까?"

"감상은 금물이오, 동지! 전쟁은 전쟁일 뿐이오. 착한 인간이란 죽은 자들 중에서나 찾아야 할 거요."

스노볼이 외쳤다. 그의 상처에서는 아직도 피가 뚝뚝 떨어지고 있었다.

"난 목숨을 빼앗을 생각은 없었어요. 상대가 인간이라도 말입니다."

거듭 말하는 복서의 눈에 눈물이 그렁그렁했다.

"몰리는 어디 갔지?"

누군가가 소리쳤다. 그러고 보니 몰리가 보이지 않았다. 동물들은 잠시 술렁거렸다. 어쩌면 인간들의 공격을 받고 몰리가 상처를 입었거나 아니면 인간들이 끌고 갔는지도 모른다며 모두 걱정했다. 그러나 곧 외양간 여물통 건초 속에 머리를 처박고 떨고 있는 그녀를 발견했다. 몰리는 총소리가 나자 그대로 도망쳐 숨어 있었던 것이다. 그들이 몰리를 찾아서 돌아와 보니 사실은 잠시 기절해 있던 마구간지기 소년이 깨어나 이미 도망가고 없었다.

흥분에 들뜬 동물들은 제각기 목소리를 높여 전쟁의 공적에 대해 떠들었다. 즉석에서 승전 축하회가 열렸고 기가 게양되었다. 이어서 〈영국의 동물들〉을 몇 번이나 부르고 나서 전사한 양을 위해 엄숙한 장례식을 치른 뒤 무덤가에 나무 한 그루를 심었다. 스노볼은 무덤 옆에서 짧지만 강력한 인상을 주는 연설을 했다. 그것은 모든 동물들이 동물농장을 위해 필요하다면 목숨을 바칠 각오가 되어 있어야 한다는 내용이었다.

동물들은 '제1급 동물영웅 무공훈장'을 제정할 것을 만장일치로 결의했다. 이 훈장은 즉석에서 스노볼과 복서에게 수여되었다. 훈장은 놋쇠로 만든 메달(이것은 마구 창고에서 발견한 말 장식용 놋쇠였다)로 일요일과 휴일에 달도록 했다. 또한 전사한 양에게는 '제2급 동물영웅 무공훈장'이 내려졌다.

이번 전투에 이름을 붙이기 위해 수많은 단어가 나열되었다. 결국 복병이 튀어나온 곳의 이름을 따서 '외양간 전투'라고 하는 것이 좋겠다는 결론이 났다. 진흙 속에 버려진 존스 씨의 총이 발견되었고, 농장 본채에 탄약통이 여러 개 있었다. 그 총은 대포처럼 깃대 아래 꽂아두었다가 1년에 두 번, 그러니까 '외양간 전투' 기념일인 10월 12일과 반란 기념일인 성 요한 축일에 축포를 쏘기로 결정했다.

제5장

　겨울이 다가오면서 몰리는 점점 눈엣가시가 되어가고 있었다. 그녀는 매일 아침 늦게 일터에 나타나서는 늦잠을 잤다고 변명하기 일쑤였으며, 또 원인 모를 통증에 시달린다고 불평하기도 했다. 하지만 식욕은 여전히 왕성했다. 그녀는 갖가지 구실을 대고 일터를 빠져나와 물웅덩이로 가서 자신의 모습을 비춰보며 멍하니 서 있곤 했다. 그리고 더 심각한 일이 있다는 소문이 나돌기 시작했다. 어느 날 마당에서 몰리가 즐거운 표정으로 꼬리를 흔들며 건초를 씹고 있을 때 클로버가 그녀를 한쪽으로 데리고 가서 말했다.

　"몰리, 할 말이 있어요. 심각한 얘기예요. 그러니까 오늘 아침에 당신이 동물농장과 폭스우드 농장의 경계인 울타리 너머를 넘겨다보더군요. 울타리 건너편에는 필킹턴 씨의 일꾼이 서 있었죠. 난 멀리 떨어져 있었지만 다 보았어요. 그 사람이 당신에게 말을 걸고 당신 콧등을 쓰다듬는데도 당신은 가만히 있더군요. 도대체 왜 그런 거죠?"

"아니, 그렇지 않아요. 잘못 본 거예요."

몰리는 아니라고 펄쩍 뛰며 발로 흙을 찼다.

"몰리, 나를 똑바로 봐요. 그 사람이 당신 콧등을 쓰다듬지 않았다는 것을 당신 명예를 걸고 맹세할 수 있나요?"

"잘못 본 거라니까요."

몰리는 거듭 부정했지만 클로버의 얼굴을 똑바로 쳐다보지 못했다. 그리고 이내 들판 쪽으로 뛰어가 버렸다.

클로버는 얼핏 떠오르는 것이 있었다. 그는 다른 동물들에게는 아무 말 하지 않고 몰리의 축사로 가서 발굽으로 짚 더미를 헤쳐보았다. 짚 더미 속에는 각설탕 한 덩이와 색색의 리본 다발이 숨겨져 있었다.

사흘 뒤 몰리가 사라졌다. 몇 주일 동안 그녀의 행방을 알 수 없었다. 그러던 어느 날 비둘기가 윌링던 골목에서 몰리를 보았노라고 보고했다. 그녀는 어느 술집 앞 빨간색과 검은색으로 장식한 이륜마차의 굴대 사이에 서 있었다고 했다. 체크무늬 바지와 반장화를 신은 술집 주인으로 보이는 뚱뚱한 남자가 불그스름한 얼굴로 몰리의 콧등을 쓰다듬으면서 각설탕을 먹이더라고 했다. 몰리는 털을 새로 깎고 앞머리에는 자주색 리본을 달고 있었는데 기분 좋아 보였다고 비둘기가 말했다. 그 후로 어떤 동물도 몰리에 대해 말하지 않았다.

정월이 되자 추위가 기승을 부렸다. 땅은 쇳덩이처럼 단단하게 얼어붙어 밭일을 할 수가 없었다. 대신 큰 헛간에서는 자주 회합이 열렸고, 돼지들은 봄이 되면 할 일을 계획하느라 정신이 없었다. 다른 동물들보다 확실히 영리한 돼지가 농장 정책에 관한 모든 문제를 결정하는 것을 동물들은 당연하게 여겼다. 물론 모든 정책은 다수결의원칙에 따라 투표로 결정되었다.

스노볼과 나폴레옹 사이에 의견 충돌만 없었더라도 일이 무척 순조롭게 진행되었을 것이다. 그러나 이들은 대체로 서로 생각하는 바가 달라 의견 일치가 여간 힘든 게 아니었다. 어느 한쪽이 넓은 땅에 보리를 심자고 하면, 다른 한쪽은 귀리를 더 많이 심어야 한다고 했고, 어떤 밭에는 양배추를 심는 것이 좋다고 하면, 상대방은 거기에는 뿌리채소 외에는 아무것도 안 된다고 우겼다.

그리고 두 수퇘지에게는 각각 지지자가 있어서 때로는 격렬한 논쟁이 벌어지기도 했다. 회의석에서는 스노볼이 뛰어난 언변으로 대다수 동물들을 자기편으로 끌어들였고 나폴레옹은 평소 자신의 지지자들을 관리하는 데 정성을 들이고 있었다. 특히 그는 양들을 자기편으로 만들었다. 양들은 툭하면 "네 다리는 좋고, 두 다리는 나쁘다."고 소리를 질러대며 회의를 방해했다. 특히 스노볼의 연설이 절정에 이르면 어김없이 "네 다리는 좋고, 두 다리는 나쁘다."고 외쳤다.

스노볼은 농장 본채에서 찾아낸 《농민과 목축업자》라는 묵은 잡지 몇 권을 꼼꼼하게 검토하고 나서 여러 가지 혁신과 개선에 대한 계획을 세워 이를 발표했다. 그는 밭의 배수로와 생풀 저장법, 인산석회 등에 관해 유식하게 설명했다. 또 거름 운반에 필요한 노동력을 덜기 위해 동물들이 매일 장소를 바꾸어 직접 밭에 가서 배설하도록 하는 복잡한 계획도 생각해냈다.

나폴레옹은 이렇다 할 계획을 내놓지는 못했지만 스노볼의 계획은 결국 실패할 것이라고 비웃었다. 그 가운데 가장 격렬한 논쟁은 풍차에 관한 것이었다.

농장 축사에서 멀지 않은 긴 방목장에 작은 언덕이 하나 있는데 그곳은 농장에서 가장 높은 지대였다. 스노볼은 이런 지형을 설명한 후 그곳이 풍차를 세우기에 적당한 장소이며 그 풍차로 발전기를 돌려 농장에 전기를 공급할 거라고 말했다. 그렇게 되면 밤에도 축사를 환하게 밝힐 수 있고, 겨울에도 따뜻하게 지낼 수 있다고 했다. 또 전기톱, 작두, 사료 써는 기계, 전기 착유기(搾油機) 등을 사용할 수도 있다고 했다.

동물들은 지금까지 이런 이야기(이 농장은 구식이었기 때문에 아주 원시적인 기계밖에 없었다)를 들어본 적이 없었다. 그래서 그들은 넋을 놓고 들었다. 이 환상적인 기계들이 완성되면 모든 일을 기계가 알아서 하고 동물들은 들판에서 한가롭게 풀을 뜯거나 독서와 담화로 교양을 쌓을 수 있다는 그의 말에 솔깃했다.

몇 주 후 스노볼은 풍차에 관한 계획을 실행에 옮겼다. 설계는 존스 씨가 가지고 있던 책 세 권,《내 손으로 만드는 1천 가지》,《누구나 할 수 있는 집 짓기》,《전기학 입문》에서 응용했다.

스노볼은 인공부화장으로 쓰던 작은 방을 서재로 사용했다. 그곳은 마룻바닥이 매끄러워서 설계도를 그리기에 알맞았다.

그는 몇 시간을 그곳에 틀어박혀 나오지 않았다. 책을 펼쳐 돌로 눌러놓고 백묵을 발가락 사이에 끼고 민첩하게 사방으로 움직여 선을 그으며 흥분해서 코를 그르렁거리기도 했다. 설계도는 마룻바닥의 반 이상이나 차지했고 점점 크랭크와 톱니바퀴의 복잡한 단계까지 이르렀다. 동물들은 그것을 볼 줄은 몰랐지만 복잡한 그림만으로 깊은 감명을 받은 듯했다.

동물들은 적어도 하루에 한 번씩 스노볼의 설계도를 감상하러 왔다. 암탉과 오리도 찾아와 선을 밟지 않으려고 조심스럽게 걸었다. 그러나 유일하게 나폴레옹만 냉소적인 반응을 보였다. 그는 처음부터 이 계획에 반대했다.

그러던 어느 날 그가 예고도 없이 찾아와 육중한 몸으로 방 안을 걸어 다니며 설계도를 자세히 들여다보았다. 그러고는 한두 번 코웃음을 치고 잠시 서서 곁눈질하더니 갑자기 한쪽 다리를 들어 설계도 위에 오줌을 내갈기고는 말 한마디 없이 나가버렸다.

풍차 문제를 둘러싸고 농장은 심각하게 분열되었다. 스노볼도 풍차 건설이 쉬운 일이 아님을 인정했다. 돌산에서 돌을 캐어 그것을 쌓아 벽을 세워야 하고, 풍차 날개도 만들어야 하며,

그다음에는 발전기와 전선도 있어야 할 터였다(이런 것을 어떻게 구할 것인지에 대해 스노볼은 아무 말도 하지 않았다). 그렇지만 그는 1년이면 이 모든 일을 끝낼 수 있다고 장담했다. 풍차가 완성되고 나면 노동력이 많이 절약되기 때문에 동물들은 일주일에 사흘만 일하면 된다고 했다.

한편 나폴레옹은 가장 시급한 것은 식량 증산이며 풍차에 매달려 시간을 허비하다가는 전부 굶어 죽을 것이라고 했다. 동물들은 두 파로 나뉘어 한쪽은 '스노볼과 주 3일 일하기 운동'을 주장했고, 다른 한쪽은 '나폴레옹과 배불리 먹기 운동'이라는 구호를 외쳐댔다.

어느 파에도 속하지 않은 유일한 동물은 벤저민이었다. 그는 식량이 더욱 증산될 것이라는 것도, 또 풍차가 노동 시간을 줄여줄 것이라는 것도 믿지 않았다. 풍차가 있든 없든 생활은 변함없이 고단할 것이라고 그는 말했다.

풍차 논쟁 외에도 농장 치안 문제가 있었다. 인간들이 외양간 전투에서 패하기는 했지만 존스 씨에게 농장을 되찾아줄 계획을 세우고 있을 것임은 불 보듯 뻔했다. 인간들이 패배했다는 소식이 인근 지방까지 퍼져서 이웃 농장의 동물들이 예전처럼 고분고분하지 않기 때문에 인간들은 급기야 그런 계획을 세울 수밖에 없을 것이다.

이 문제에 있어서도 스노볼과 나폴레옹은 여전히 의견이 엇갈렸다. 나폴레옹의 주장에 의하면 동물들이 해야 할 일은 화기(火器)를 구입해서 사용법을 익히는 것이었다. 스노볼은 더욱더 많은 비둘기를 파견해 이웃 농장의 동물들이 반란을 일으키도록 선동해야 한다고 주장했다. 한쪽은 방어를 굳건히 하지 않으면 반드시 정복당할 것이라고 주장했고, 다른 한쪽은 반란이 도처에서 일어난다면 방어에 시간과 노동력을 쓰지 않아도 될 것이라고 주장했다.

동물들은 처음에 나폴레옹의 주장에 귀를 기울였고, 그다음에는 스노볼의 이야기를 들었다. 그렇게 이쪽저쪽 오가는 사이 갈피를 잡을 수 없게 되어 어느 쪽이 옳은지 판단하기 어려웠다. 사실 그들은 귀가 얇아서 누구든 열변을 토하면 곧바로 솔깃했다.

드디어 스노볼의 풍차 설계도가 완성되었다. 그래서 다음 일요일 회합에서 풍차 건설을 할지 말지를 투표로 결정하기로 했다. 동물들이 큰 헛간에 집합하자 스노볼이 먼저 일어나 양들이 떠들며 훼방을 놓는 가운데 풍차를 세워야 하는 이유를 설명했다. 그다음 나폴레옹이 맞섰다. 그는 풍차란 얼토당토않은 것이니 찬성투표를 해서는 안 된다고 조용히 말하고 나서 재빨리 착석했다. 그는 겨우 30초 반론했을 뿐이었고 동물들 반응에 별 관심 없는 것 같았다.

그러자 스노볼이 벌떡 일어나 또다시 "네 다리는 좋고, 두 다리는 나쁘다."고 떠들어대는 양들에게 소리를 질렀다. 양들이 입을 다물자 풍차 건설에 찬성해달라고 열렬히 호소했다. 이때까지만 해도 동물들 의견은 거의 반반으로 갈려 있었다. 하지만 그의 열변으로 순식간에 스노볼 쪽으로 기울었다.

스노볼은 동물들에게서 힘겨운 노동이 사라지는 날 펼쳐질 청사진을 제시했다. 그의 상상력은 이제 작두나 순무를 얇게 써는 기계를 훨씬 뛰어넘는 것이었다. 전기가 있으면 모든 축사에 전등을 밝히고 냉온수와 전기 난방기를 가설할 수 있을 뿐만 아니라 탈곡기와 쟁기나 써레처럼 땅을 고르는 기계, 그리고 곡식을 거둬들이고 단으로 묶는 기계도 만들어 작동할 수 있다고 말했다. 그가 연설을 끝낼 무렵에는 표결할 필요도 없을 정도로 지지를 얻었다. 그러나 바로 이때 나폴레옹이 일어나 스노볼을 노려보더니 지금까지 누구도 들어보지 못한 날카로운 소리를 질렀다.

그러자 문밖에서 개 짖는 소리가 요란하게 들려오더니 놋쇠 장식이 달린 목걸이를 한 거대한 개 아홉 마리가 헛간으로 뛰어들어 곧장 스노볼에게 덤벼들었다. 사태를 파악한 스노볼은 재빨리 자리에서 일어나 개들의 날카로운 이빨을 피해 달아났다. 스노볼은 곧장 밖으로 달아났고 개들이 그 뒤를 쫓아갔다. 돌발적인 상황에 기겁한 동물들도 문밖으로 몰려나와 추격전을 바라보았다.

스노볼은 큰길로 통하는 기다란 풀밭을 가로질러 달려갔다. 그는 돼지가 발휘할 수 있는 최고 속도로 뛰었지만 개들이 그 뒤를 바싹 따라붙었다. 그러던 중 스노볼이 미끄러졌다. 개들에게 붙잡힐 순간이었다. 그러나 그는 곧 다시 일어나 전보다 더 빨리 달렸고 개들은 또다시 간격을 좁혔다. 그중 한 마리가 스노볼의 꼬리를 무는가 싶더니 스노볼이 재빨리 꼬리를 휘둘러 간신히 이빨을 피했다. 그는 마지막 힘을 다해 불과 몇 인치를 사이에 두고 울타리 구멍으로 빠져나갔다. 그러고는 더 이상 보이지 않았다.

겁먹은 동물들이 입을 다문 채 헛간으로 돌아오자 스노볼을 쫓던 개들도 곧 돌아왔다. 동물들은 이 개들이 어디서 왔는지 처음에는 알 수 없었지만 곧 의문이 풀렸다. 그들은 젖을 뗄 무렵부터 나폴레옹이 어미인 제시와 블루벨로부터 격리해 은밀히 길러온 강아지들이었다. 아직 성견이 되지는 않았지만 체구가 거대하고 늑대처럼 사나워 보였다. 그들은 나폴레옹 곁을 떠나지 않았다. 그들이 나폴레옹을 보고 꼬리를 흔드는 모습은 예전에 농장의 개들이 존스 씨에게 한 것과 똑같았다.

나폴레옹은 개들을 거느리고 헛간의 조금 높은 단상으로 올라갔다. 메이저가 연설했던 바로 그 단상이었다. 그는 앞으로 일요일 아침 회합을 중단하겠다고 선언했다. 그런 회합은 불필요한 시간 낭비라고 말했다. 앞으로 농장 운영에 관한 모든 문제는 돼지들로 구성된 특별위원회에서 결정하고 그 위원회 의장은 자신이 맡는다고 했다. 특별위원회는 비공개로 열리며 거기에서 결정된 사항을 다른 동물들에게 통보할 것이라고 말했다. 여태껏 해온 대로 동물들은 일요일 아침에 모여 깃발을 향해 경례하고 〈영국의 동물들〉을 합창한 뒤 그 주일에 할 일을 전달받겠지만 토론은 일절 하지 않겠다는 것이었다.

스노볼의 추방으로 큰 충격을 받은 동물들은 이 말을 듣고 당황했다. 제대로 따질 말만 생각났더라도 몇몇 동물들은 항의했을 것이다. 복서도 뭔가 찜찜한 기분이었다. 그는 귀를 뒤로 젖히고 몇 번이나 머리를 흔들며 생각을 정리하려고 애썼지만 떠오르는 말이 없었다.

똘똘한 돼지들 몇이 나서서 항의를 했다. 앞줄에 앉은 식용 돼지 네 마리가 툴툴거리다가 한꺼번에 벌떡 일어나 떠들기 시작했다. 그러나 나폴레옹 주변을 지키던 개들이 위협하듯 낮게 으르렁거리자 돼지들은 입을 다물고 그냥 주저앉았다. 그러고 나서 양들이 "네 다리는 좋고, 두 다리는 나쁘다."고 큰 소리로 외쳤다. 그 소리가 15분 가까이 계속되는 바람에 토론할 기회가 사라지고 말았다.

나중에 스퀄러가 농장 곳곳을 돌아다니며 동물들에게 새로운 조치를 설명했다.

"동지 여러분, 나폴레옹 동지가 나서지 않아도 될 일을 희생적으로 한 것에 대해 여기 있는 모든 동물들이 감사하게 생각할 것이라고 나는 확신합니다. 여러분, 여러분을 이끌어가는 일이 즐거운 일일 거라고 생각지 마십시오. 오히려 그 반대입니다. 그건 굉장한 부담입니다. 나폴레옹 동지만큼 확고하게 모든 동물이 평등하다고 믿는 이도 없을 겁니다. 동지 여러분이 스스로 결정할 수만 있다면 나폴레옹 동지도 기꺼이 받아들일 것입니다. 그러나 여러분은 간혹 잘못된 결정을 할 수 있습니다. 그러면 우리는 어떻게 되겠습니까? 여러분이 스노볼의 장단에 놀아나 풍차 건설을 따르기로 결정했다면 어쩔 뻔했습니까? 모두 알다시피 스노볼은 범죄자가 아닙니까?"

"그는 외양간 전투에서 용감하게 싸웠습니다."

누군가가 말했다.

"용감하다는 것만으로는 충분하지 않습니다. 더 중요한 것은 충성과 복종입니다. 그리고 외양간 전투에서 스노볼의 역할이 터무니없이 과장되어 있다는 것을 깨닫게 될 때가 머지않아 올 것입니다. 우리에게 필요한 것은 규율, 철통같은 규율입니다. 한 발만 잘못 디뎌도 적들이 우리를 제압하고 말 것입니다. 동지 여러분, 여러분은 존스가 다시 오기를 바라지는 않겠지요?"

스퀼러가 말했다.

이런 말에 반론이 있을 리 없었다. 동물들은 누구도 존스 씨의 복귀를 원치 않았다. 일요일 아침에 토론을 가짐으로써 존스 씨가 돌아올 가능성이 커진다면 그런 토론은 중지할 수밖에 없는 것이다. 복서는 그때까지 충분히 생각할 시간을 가졌으므로 정리된 자신의 생각을 말했다.

"나폴레옹 동지가 그렇게 말한다면 그것이 옳겠지요."

그리고 이때부터 그는 "더 열심히 일하자."는 좌우명에 덧붙여 "나폴레옹은 언제나 옳다."는 금언을 하나 더 간직하기로 마음먹었다.

이 무렵 날씨가 풀려 봄갈이가 시작되었다. 스노볼이 풍차 설계도를 그렸던 방은 폐쇄되었다. 마룻바닥의 설계도도 지워졌을 거라고 동물들은 생각했다.

일요일 아침 10시에 동물들은 큰 헛간에 모여 그 주일의 작업 명령을 받았다. 과수원 아래쪽 메이저의 무덤에서 살점이 완전히 떨어져 나간 메이저의 두개골을 파내어 깃대 밑동에 총과 나란히 안치했다. 깃발을 게양한 후 동물들은 헛간으로 들어가기 전에 일렬로 서서 두개골 앞을 지나가며 존경을 표해야 한다는 지시가 내려졌다.

이제 동물들은 예전처럼 모두 한자리에 둘러앉을 수 없었다. 나폴레옹과 스퀼러는 노래와 시에 탁월한 재능을 가진 미니무

스라는 이름의 돼지와 함께 높이 돋운 연단에 앉았다. 그 주위에 젊은 개 아홉 마리가 반원형으로 진을 치고 있었으며, 뒤에는 다른 돼지들이 자리를 차지하고 있었다. 나머지 동물들은 헛간 한가운데 자리를 잡고 이들과 마주 앉아야 했다. 그리고 나폴레옹이 군인같이 무뚝뚝한 태도로 일주일의 하달 사항을 큰소리로 읽고 나면 동물들은 〈영국의 동물들〉을 한 번 부르고 나서 해산했다.

스노볼이 추방된 후 세 번째 맞은 일요일에 나폴레옹이 결국 풍차를 짓기로 했다는 발표를 듣고 동물들은 깜짝 놀랐다. 왜 마음을 바꾸었는지는 설명하지 않았다. 다만 이 특별 사업은 아주 힘든 일이며, 식량 배급을 조정할 필요가 있을지도 모른다고 경고했을 뿐이었다.

그러나 그 설계는 마지막 상세한 부분까지 이미 준비가 완료되어 있었다. 돼지들의 특별위원회가 지난 3주일 동안 그 작업에 매달렸던 것이다. 풍차 건설은 다른 여러 가지 개선 사업과 함께 2년이 걸릴 예정이라고 했다.

그날 저녁 스퀼러는 동물들과 어울리면서 나폴레옹이 사실은 풍차 계획을 반대한 게 아니었다고 넌지시 설명했다. 오히려 처음에 그 안을 생각해낸 것은 나폴레옹이었으며, 스노볼이 인공 부화장으로 쓰던 조그만 방 마룻바닥에 그린 설계도도 사실은 나폴레옹의 서류에서 훔친 것이라고 했다. 원래 풍차는 나폴레옹의 독창적인 생각이라는 것이었다. 그렇다면 그가 그렇게 강력하게 반대한 이유가 무엇이었느냐고 누군가가 물었다. 그러자 스퀼러는 아주 능청스러운 표정을 지으면서 그것은 나폴레옹 동지의 전략이었다고 했다. 나폴레옹이 풍차를 반대하는 척한 것은 다만 스노볼이 위험한 인물로서 동물들에게 나쁜 영향을 미치기 때문에 그를 제거하려는 책략이었다는 것이다. 그리고 이제 스노볼이 사라졌기 때문에 이 계획은 그의 방해 없이 진행될 거라고 했다. 이것이 이른바 전략이라고 그는 말했다. 그는 유쾌한 듯 꼬리를 흔들며 이리저리 뛰어다니면서 "전략이었단 말입니다, 동지 여러분. 전략이었어요."라고 몇 번이나 되풀이했다.

동물들은 그 말이 무슨 뜻인지 이해할 수 없었다. 그러나 스퀼러가 워낙 설득력 있게 말하는 데다 그와 함께 있던 개 세 마리가 위협적으로 으르렁대는 바람에 더 이상 질문하지 못 하고 그의 설명을 묵묵히 받아들였다.

제6장

그해 내내 동물들은 줄곧 노예처럼 일했다. 하지만 일하는 것이 행복했다. 이 일은 결코 빈둥거리며 도둑질이나 하는 인간들을 위한 것이 아니라 자신들과 후세의 이익을 위한 것임을 알기 때문에 어떤 노력이나 희생도 기꺼이 받아들였다.

동물들은 봄과 여름 내내 주당 60시간씩 일했다. 그런데 8월이 되자 나폴레옹이 앞으로는 일요일 오후에도 일해야 한다고 발표했다. 그는 이 일이 어디까지나 지원제라고 그럴듯하게 포장했지만 여기에 참여하지 않는 동물들에게는 식량 배급을 반으로 줄이겠다고 했다.

그리하여 동물들은 일요일에도 일터로 나갔지만 일은 끝이 없었다. 수확량은 지난해보다 조금 줄었고, 초여름에 뿌리채소를 심어야 할 밭 두 군데는 밭갈이가 늦어져 아직 씨도 뿌리지 못했다. 그해 겨울은 힘겨울 것이 뻔했다.

풍차 건설은 예상치 못한 어려움에 맞닥뜨렸다. 농장에는 질 좋은 석회암 채석장이 있었고, 창고 건물에는 모래와 시멘트가 가득 쌓여 있었다. 다시 말해 건축에 필요한 재료는 거의 다 갖추고 있는 셈이었다.

그러나 무엇보다 먼저 해결해야 할 문제는 어떻게 돌을 적당한 크기로 자르느냐 하는 것이었다. 곡괭이와 쇠 지렛대를 이용하는 것이 유일한 방법인 듯했다. 하지만 동물들은 뒷다리만으로 서기 힘들어 그런 도구를 사용하기가 여간 어려운 게 아니었다.

몇 주일에 걸쳐 실패를 반복한 후에야 비로소 누군가의 머리에 좋은 생각이 떠올랐다. 말하자면 지구의 중력을 이용하자는 것이었다. 그대로 쓰기에는 너무 큰 바위들이 채석장에 널려 있었다. 바위에 밧줄을 동여맨 다음 암소, 말, 양뿐만 아니라 밧줄을 잡을 수 있는 동물들이 모두 동원되어(아주 큰 바위의 경우 돼지들까지 가끔 합세했다) 필사적으로 조금씩 채석장 비탈을 올라가 꼭대기에서 밑으로 떨어뜨려 여러 조각으로 부서지게 했다.

일단 바위가 쪼개지면 운반하기는 비교적 쉬웠다. 말들은 마차로 날랐고, 양들은 한 덩어리씩 끌어 날랐으며, 뮤리엘과 벤저민까지 멍에를 메고 낡은 이륜마차를 끌며 할당된 일을 했다. 늦여름이 되어 돌이 충분히 쌓이자 돼지들의 감독 아래 공사가 시작되었다.

공사는 생각보다 힘들었다. 바위 하나를 채석장 꼭대기까지 끌어 올리는 데 꼬박 하루가 걸릴 때도 많았으며 어떤 때는 낭떠러지로 떨어뜨렸는데도 바위가 깨지지 않을 때도 있었다. 복서가 없었다면 이 모든 일이 불가능했을 것이다.

복서의 힘은 실로 엄청나서 다른 동물들을 전부 합친 것과 맞먹을 정도였다. 바위가 미끄러지는 바람에 동물들이 비명을 지르며 언덕 아래로 굴러떨어질 때 밧줄을 팽팽하게 잡아당기는 것은 언제나 복서였다. 땀으로 범벅이 된 커다란 배로 숨을 몰아쉬며 발굽으로 땅을 딛고 한 발짝 한 발짝 비탈을 올라가는 모습을 보며 동물들은 경탄을 금치 못했다.

가끔 클로버가 너무 무리하지 말라고 충고했지만 복서는 귀담아듣지 않았다. 그의 2개의 좌우명, "더 열심히 일하자."와 "나폴레옹은 언제나 옳다."가 모든 질문에 대한 답인 듯했다. 그는 젊은 수탉에게 매일 아침 다른 동물들보다 30분 일찍 깨우던 것을 45분 일찍 깨워달라고 부탁했다. 사실 그럴 여유는 거의 없었지만, 틈만 나면 혼자 채석장에 가서 깨진 돌을 한 무더기 모아 다른 동물들 도움 없이 혼자 풍차를 세울 언덕으로 끌고 갔다.

그해 여름 동물들은 일이 고되기는 했지만 생활은 그리 궁색하지 않았다. 존스 시절에 비해 식량 배급이 나아지지는 않았지만 적어도 그때보다 못한 편은 아니었다. 허영에 찌든 다섯 인간들을 부양할 필요 없이 동물들만 먹으면 된다는 사실은 엄청난 이점이었다. 그것은 많은 실패를 겪는다 하더라도 충분히 상쇄할 만한 위력을 가지고 있었다.

게다가 여러 면에서 동물들이 능률적으로 일하기 때문에 힘도 덜 들었다. 예를 들면 잡초 뽑는 일은 인간들이 도저히 따라올 수 없을 만큼 세밀하게 했다. 그리고 동물들은 이제 남의 것을 훔치지 않았기 때문에 경작지와 목장 사이에 울타리도 필요 없었다. 덕분에 울타리나 문 따위를 보수하는 데 드는 노동력과 비용이 절감되었다.

그러나 한여름이 지나면서 차츰 부족한 점들이 피부로 느껴지기 시작했다. 파라핀유(油), 못, 끈, 개 먹이 비스킷 그리고 편자를 만들 쇠가 절실했다. 농장에서는 이런 것들을 만들 수 없었다. 얼마 있으면 여러 가지 도구 이외에 씨앗과 인공비료도 필요할 것이며, 곧 풍차에 사용할 기계도 준비해야 할 것이다. 그러나 이것을 어떻게 마련해야 할지 아무도 몰랐다.

어느 일요일 아침, 동물들이 작업 명령을 들으려고 모였을 때 나폴레옹은 새로운 정책을 발표하겠노라고 선언했다. 이제부터 동물농장은 이웃 농장과 교역을 한다는 것이었다. 물론 이것은 상업적인 목적이 아니라 필요한 물자를 얻기 위해서라고 했다.

특히 가장 시급한 것은 풍차에 필요한 물품들이라고 했다. 그래서 그는 건초 더미와 수확한 보리 중 일부를 팔기로 했으며, 나중에 돈이 더 필요하게 되면 부득이하게 달걀을 팔아(윌링던에 상설 달걀 시장이 있었다) 충당할 계획이라고 했다. 그러므로 암탉들은 풍차 건설을 위해 특히 이러한 희생을 기꺼이 받아들여야 한다고 말했다.

동물들은 또다시 막연한 불안감에 휩싸였다. 존스 씨를 쫓아내고 나서 열린 첫 동물회합에서 결정된 사항이 인간들과 어떠한 관계도 맺지 않는다는 것, 상거래를 하지 않는다는 것, 돈을 사용하지 않는다는 것이 아니었던가?

동물들은 그런 결의가 통과되었다는 사실을 기억하고 있었다. 적어도 어렴풋이나마 기억했다. 나폴레옹이 회합을 폐지했을 때 항의했던 식용 돼지 네 마리가 머뭇거리면서 무슨 말을 꺼내려 했으나 호위하는 개들이 이빨을 드러내고 으르렁거리는 바람에 곧 입을 다물고 말았다. 그러자 여느 때처럼 양들이 "네 다리는 좋고, 두 다리는 나쁘다."고 합창을 해 험악했던 분위기가 차츰 누그러졌다.

마침내 나폴레옹은 앞발을 쳐들고 조용히 하라고 한 다음, 자기는 벌써 모든 교섭을 마쳤노라고 말했다. 인간과 직접 접촉하는 것은 바람직하지 못한 일이므로 여러분에게 그런 일이 생기지 않도록 자기 혼자 모든 책임을 질 생각이라고 했다. 이제 윌링던에 거주하는 윔퍼 씨라는 지방 변호사가 이 동물농장과 외부 세계를 연결하는 중개인이 되기로 했는데 그가 월요일 아침마다 이 농장을 방문해 나폴레옹의 지시를 받기로 되어 있다는 것이다. 그는 늘 그랬듯이 '동물농장 만세'를 외치며 연설을 끝냈고, 동물들은 〈영국의 동물들〉을 합창하고 해산했다.

얼마 후 스퀼러가 농장을 순회하며 동물들을 설득했다. 그는 인간들과 상거래를 하지 않겠다는 안과 돈을 사용하지 않겠다는 안에 대한 결의는 절대 통과된 적이 없고, 또 그런 제안이 나온 적도 없다고 강조했다. 그것은 순전히 공상일 뿐이고, 들은 기억이 있다면 아마도 스노볼이 퍼뜨린 거짓말일 거라고 확신했다. 몇몇 동물들이 여전히 의구심을 가지자 스퀼러는 짜증스러운 투로 그들에게 질문을 했다.

"동지 여러분! 여러분이 꿈을 꾼 게 아니라고 증명할 수 있나요? 그런 결의를 했다는 기록이라도 있단 말입니까? 도대체 어디에 그런 것이 명시되어 있다는 겁니까?"

그런 것들이 기록으로 남아 있지 않은 것은 분명했기 때문에 동물들은 자기들이 잘못 생각하고 있었다고 믿었다.

윔퍼 씨는 약속대로 월요일마다 농장을 찾아왔다. 그는 체구가 작고 구레나룻을 기른 얼굴이 교활해 보이는 남자로 그다지 유능하지 않은 지방 변호사였다. 그러나 누구보다 먼저 동물농장에는 중개인이 필요하며 수수료도 두둑할 것이라고 계산할 정도로 아주 영악했다.

동물들은 두려운 표정으로 그가 드나드는 것을 지켜보았으며, 될 수 있는 한 그와 마주치지 않으려 했다. 하지만 네 다리로

서 있는 나폴레옹이 두 다리로 선 윔퍼 씨에게 명령하는 모습을 보고 동물들은 자긍심을 느꼈다. 그래서 이 결정을 만족스럽게 받아들였다. 이제 인간과 동물의 관계가 뒤바뀐 것이다.

그러나 번창해가는 지금의 동물농장이라고 해서 인간들의 증오심이 사라진 것은 아니었다. 사라지기는커녕 오히려 전보다 더 심했다. 인간들은 누구나 이 농장이 머잖아 붕괴될 것이고, 그중에서도 풍차 건설은 실패로 끝나리라는 것을 믿어 의심치 않았다. 그들은 선술집에서 만나면 앞다퉈 그림을 그려가며 풍차는 틀림없이 실패할 거라고 떠들었다. 또 설령 세워진다 해도 결코 가동되지 못할 거라고 주장했다.

그러면서도 인간들은 내심 동물들이 일을 능률적으로 처리해나가는 데 대해 일종의 경외심마저 품었다. 한 가지 예로 그들은 더 이상 매너 농장이라고 부르지 않고 동물농장이라고 부르기 시작했다. 또한 그들은 존스 씨를 그다지 좋아하지 않았으므로 그는 사람들의 기억에서 사라진 듯 아예 거론되지도 않았다. 존스 씨는 농장을 되찾겠다는 희망을 버리고 다른 고장으로 이사를 가버렸다.

이렇듯 동물농장은 윔퍼 씨를 통하지 않고 외부 세계와 접촉하는 일이 없었다. 하지만 나폴레옹이 폭스우드의 필킹턴 씨나 핀치필드의 프레드릭 씨 중 한 사람과 거래를 하려 한다는 소문이 나돌았다. 그러나 무슨 이유인지 두 사람과 동시에 협정을 맺지는 않을 것이라고 했다.

돼지들이 갑자기 농장 본채로 이사를 하고 그곳에서 거주하게 된 것은 바로 이 무렵이었다. 동물들은 이것을 금하는 결의가 통과되었다는 사실을 다시금 떠올렸다.

이번에도 스퀼러가 그들에게 사실 무근이라고 설득했다. 그는 농장의 두뇌인 돼지들에게는 조용히 일할 수 있는 장소가 절대적으로 필요하다고 강조했다. 게다가 영도자(요즘 그는 나폴레옹을 말할 때 '영도자'라는 칭호를 붙였다)의 위상을 지키려면 평범한 축사보다 이 집에 사는 것이 걸맞다고 말했다.

그런데도 동물들 중 몇몇은 돼지들이 주방에서 식사를 하고 거실을 휴게실로 사용할 뿐만 아니라 침대에서 잠을 잔다는 말을 들었을 때 혼란스러웠다. 복서는 여느 때처럼 "나폴레옹은 언제나 옳다."는 신조로 넘기려 했지만, 클로버는 침대 사용을 금한다는 규칙을 생생히 기억하고 있었기 때문에 창고로 가서 거기에 쓰여 있는 원칙을 읽어보려고 했다. 그러나 알파벳 몇 개밖에 몰랐기 때문에 뮤리엘을 데리고 왔다.

"뮤리엘, 네 번째 원칙 말이에요. 혹시 어떤 동물도 침대에서 잠을 자서는 안 된다는 말 아닌가요?"

뮤리엘은 더듬거리면서 한 자 한 자 읽었다.

"어떤 동물도 시트가 깔린 침대에서 잠을 자서는 안 된다고 적혀 있네요."

클로버는 아무리 생각해봐도 시트란 말을 들은 기억이 없었다. 하지만 벽에 그렇게 적혀 있다니 믿을 수밖에 없었다. 그런데 마침 개 두 마리를 데리고 지나가던 스퀼러가 그 일에 대해 명확하게 설명해주었다.

"우리가 요즘 본채 침대에서 잠을 잔다는 말을 들었겠지요? 하지만 뭐가 문제란 말입니까? 설마 침대를 금하는 규칙이 있었다고 믿는 바보들은 없겠지요? 침대라는 것은 단순히 잠자는 장소일 뿐입니다. 외양간 짚 더미도 엄밀하게 말하면 침대잖소. 우리의 규칙은 인간이 만든 시트를 금하자는 것입니다. 그래서 우리는 규칙에 충실하고자 침대의 시트를 치워버리고 담요를 깔고 덮지요. 그것도 그런 대로 괜찮더군요. 그러나 동지 여러분, 우리의 정신적 노동에 비춰보면 결코 분에 넘치는 것은 아니라고 생각합니다. 설마 우리가 휴식을 취하는 것이 못마땅한 건 아니겠지요? 우리가 의무를 수행하지 못할 정도로 피로에 지쳐 있기를 바라지는 않겠지요? 그리고 누구도 존스 일당이 다시 돌아오는 것을 원하지는 않겠지요?"

동물들은 의문이 말끔히 해소되었다. 그래서 더 이상 돼지들이 본채의 침대에서 자는 것에 대해 이러쿵저러쿵하지 않았다. 그리고 며칠 후, 이제부터 돼지들은 다른 동물들보다 한 시간 늦게 일어날 것이라고 발표했을 때도 아무런 불평을 하지 않았다.

가을이 되자 동물들은 지쳐 있었지만 행복했다. 그들은 고생스럽게 한 해를 보냈고 건초와 옥수수 일부가 팔려서 겨울 양식을 넉넉하게 저장할 수는 없었지만, 풍차를 생각하면 그 모든 걱정과 피로가 사라졌다. 풍차는 이제 절반 정도 완성되었다.

가을 추수가 끝난 뒤에도 한동안 건조하고 맑은 날씨가 계속되었다. 그래서 동물들은 풍차의 벽을 한 자라도 더 높이 쌓으려면 온종일 돌덩이를 운반해야 한다는 일념으로 전보다 더욱 열심히 일했다. 복서는 가을 달빛을 받으며 밤늦도록 혼자 남아 일을 하곤 했다.

동물들은 여가 시간이면 반쯤 올라간 풍차를 바라보면서 그

튼튼함과 높이에 감탄하고 어떻게 이렇게 훌륭한 것을 세울 수 있었는지 놀라워했다. 단지 벤저민만은 여전히 시큰둥했다. 그는 언제나 그랬듯이 '당나귀는 오래 사는 짐승'이라는 수수께끼 같은 말 외에 다른 말을 하지 않았다.

사나운 남서풍과 함께 11월이 찾아왔다. 날씨가 너무 추워 시멘트를 섞을 수 없었기 때문에 공사가 중단되었다. 그러던 어느 날 밤, 폭풍이 심하게 몰아쳐 농장 건물 전체가 흔들리더니 헛간 지붕의 기왓장 몇 개가 날아가 버렸다. 암탉들이 잠에서 깨어 소란스럽게 꼬꼬댁거렸다. 한결같이 멀리서 대포 소리가 들려오는 꿈을 꾸었다며 공포에 떨었다.

아침이 되어 동물들이 축사에서 나와 보니 게양대가 쓰러져 있었고, 과수원 아래쪽 느릅나무가 무처럼 뽑혀 있었다. 이 광경을 둘러보던 모든 동물들은 일제히 비명을 질렀다. 무참한 장면이 그들의 눈에 들어왔기 때문이다. 풍차가 무너져 있었던 것이다.

그들은 일제히 현장으로 달려갔다. 좀처럼 뛰지 않는 나폴레옹이 앞장서 달렸다. 사실이었다. 그들의 숱한 노력의 결실이 송두리째 무너져 있었다. 힘들여 깨뜨리고 운반했던 돌들이 사방에 흩어져 있었다.

동물들은 처음에는 아무 말도 못 한 채 무너진 돌무더기를 비통한 표정으로 바라보고만 있었다. 나폴레옹도 말없이 왔다 갔다 하면서 가끔씩 땅에 코를 대고 킁킁거리며 냄새를 맡았다. 그러더니 그의 꼬리가 빳빳해지면서 좌우로 떨렸다. 이것은 그가 뭔가에 집중하고 있다는 표시였다. 나폴레옹은 갑자기 결심이라도 한 듯 멈춰 서서 조용히 말했다.

"동지 여러분! 누가 이렇게 했는지 알겠습니까? 한밤중에 들어와 우리의 풍차를 부순 적이 누구인지 알겠느냐 말입니다. 바로 스노볼입니다."

그러더니 나폴레옹은 느닷없이 버럭 소리를 질렀다.

"스노볼의 짓입니다. 이곳에서 쫓겨나고 앙심을 품은 배반자가 분풀이로 야간을 틈타 살짝 숨어들어 왔던 겁니다. 그리고 거의 1년에 걸친 우리의 공사를 무참히 파괴한 것입니다. 그래서 나는 이 자리에서 스노볼에게 사형을 선고합니다. 그를 처형하는 자에게는 제2급 동물영웅 훈장을 수여하고 사과 반 부셸을 상으로 주겠습니다. 또 그를 생포하는 자에게는 한 부셸을 주겠습니다."

동물들은 스노볼이 그처럼 못된 짓을 저질렀다는 데 대해 말로 표현할 수 없는 충격을 받았다. 그들은 분노에 차서 소리를 지르며 스노볼이 돌아온다면 어떻게든 그를 잡아 혼내주리라고 별렀다.

바로 그때 언덕에서 약간 떨어진 풀밭에서 돼지 발자국이 발견되었다. 그 발자국을 몇 야드 따라가 보니 울타리 구멍으로 이어져 있었다. 나폴레옹은 킁킁거리며 발자국 냄새를 맡더니 스노볼의 것이라고 단정했다. 그는 스노볼이 폭스우드 농장 쪽에서 온 것이 분명하다고 말했다.

"여러분, 더 이상 지체할 수 없습니다. 서둘러야 합니다. 오늘 아침부터 당장 풍차 재건에 착수하여 비가 오나 눈이 오나 쉬지 않고 계속해야 합니다. 저 파렴치한 배신자의 훼방에 우리의 계획이 무너지지 않는다는 것을 보여줍시다. 잊지 마시오, 동지 여러분. 우리는 계획을 절대로 철회하지 않습니다. 예정대로 전진합시다, 동지 여러분! 풍차 만세! 동물농장 만세!"

제7장

혹독한 겨울이었다. 매서운 바람이 불고 나면 진눈깨비와 눈이 쏟아졌고 이내 땅이 얼어붙어 2월 중순이 될 때까지 좀처럼 녹지 않았다. 동물들은 이를 악물고 풍차 재건에 힘썼다. 외부에서 자기들을 지켜보고 있는 데다 풍차가 제때 완공되지 않으면 시기심 많은 인간들이 기뻐하리라는 것을 너무나 잘 알고 있었기 때문이다.

동물농장에 반감을 품고 있는 인간들은 풍차를 파괴한 범인이 스노볼이라는 것을 믿지 않는 듯했다. 그들은 벽이 얇아서 바람을 견디지 못하고 무너진 것이라고 했다. 동물들은 진실을 알고 있었지만 만일을 위해 이번에는 벽 두께를 18인치(약 46센티미터—옮긴이)가 아닌 3피트(약 91센티미터—옮긴이)로 훨씬 두껍게 쌓기로 결정했다. 아울러 이것은 돌을 훨씬 더 많이 모아야 한다는 의미였다.

오랫동안 채석장에 눈이 쌓여 일을 할 수 없었다. 얼마 후 건조하고 추운 날씨가 조금 풀려 일이 진전되기는 했지만 생각만 해도 끔찍한 작업이었다. 추위와 굶주림에 시달린 나머지 전처럼 희망을 가질 수가 없었던 것이다. 그래도 복서와 클로버는 용기를 잃지 않고 묵묵히 주어진 일을 해냈다.

스퀄러는 봉사의 즐거움과 노동의 신성함에 대해 더할 수 없이 훌륭한 연설을 했지만 동물들은 그런 연설보다 복서의 무한한 힘과 "더 열심히 일하자!"는 변함없는 외침에서 오히려 힘을 얻는 듯했다.

새해가 되자 식량 부족이 여실히 드러났다. 옥수수 배급량은 눈에 띄게 줄어들었고 그것을 보충하기 위해 감자를 더 배급할 것이라는 발표가 있었다. 그러나 흙과 짚 더미를 제대로 덮지 않아 서리를 맞은 감자는 멀겋게 얼어버렸다. 물컹물컹하고 색이 변해서 먹을 수 있는 것은 정작 얼마 되지 않았다. 어떤 때는 며칠 동안 왕겨와 사탕무만 먹기도 했다. 그야말로 굶주림이 눈앞에 닥쳐오고 있었다.

이런 사실이 외부에 알려진다면 낭패였다. 풍차가 붕괴된 뒤로 용기를 얻은 인간들이 동물농장에 대해 거짓 소문을 퍼뜨렸다. 가령 동물들이 굶주림과 질병으로 거의 다 죽어가고 있고, 서로 싸우고 잡아먹는가 하면 심지어 새끼들까지 잡아먹는다는 소문이 또다시 번지고 있었다.

이런 사정이 알려지면 곤란하므로 나폴레옹은 윔퍼 씨를 이용해 정반대의 소문을 퍼뜨리기로 마음먹었다. 그때까지 동물들은 매주 찾아오는 윔퍼 씨와 전혀 접촉하지 않았다. 그러나 나폴레옹은 거의 양들로 선발된 동물들에게 윔퍼 씨가 듣는 앞에서 아주 자연스럽게 식량 배급이 늘었노라고 자랑하라는 지시를 내렸다.

그뿐 아니라 저장 창고의 거의 텅 빈 식량 상자들을 모래로 가득 채우고 그 위를 남은 곡식과 밀기울로 살짝 덮어두라고 지시했다. 그러고는 적당한 구실을 만들어 윔퍼 씨를 저장 창고로 안내해 염탐할 수 있게 했다. 이에 속아 넘어간 그는 동물농장에는 절대 식량이 부족하지 않다고 떠들고 다녔다.

그러나 정월 그믐이 가까워오자 어딘가에서 곡식을 구해오지 않으면 안 될 지경에 이르렀다. 그사이 나폴레옹은 동물들 앞에 거의 나타나지 않고 본채에서만 시간을 보냈다. 본채 출입문마다 사나운 개들이 감시했고, 외출할 때도 개 여섯 마리가 호위를 해 마치 대단한 행사를 치르는 것 같았다. 누구든 가까이 다가오기만 하면 개들이 으르렁거렸다. 그런 데다 일요일 아침 행사에도 나타나지 않는 일이 잦았고, 명령은 대개 다른 돼지 스퀼러가 전달했다.

어느 일요일 아침, 스퀼러는 이제 막 알을 낳기 시작한 암탉들에게 달걀을 모두 내놓으라고 지시했다. 나폴레옹이 윔퍼 씨를 통해 매주 달걀 4백 개를 팔기로 계약을 맺었던 것이다. 그 돈으로 형편이 좋아지는 여름까지 농장을 꾸려나갈 곡식과 밀기울을 사들일 계획이었다.

그러나 암탉들은 그 얘기를 듣고 소리를 지르며 반박했다. 이러한 희생이 있을지도 모른다는 말을 듣기는 했지만 실제로 그런 사태가 벌어지리라고는 생각지 않았던 것이다. 암탉들은 부화 철인 봄에 병아리를 까려고 알을 모으고 있었는데, 그 알을 지금 가져간다는 것은 살육 행위나 마찬가지라고 항의했다.

존스 씨를 추방한 후 처음으로 반란 비슷한 기운이 감돌았다. 검은 미노르카종(種) 세 마리의 지휘 아래 암탉들은 나폴레옹의 요구를 무산시키려고 단호한 행동을 개시했다. 그들의 저항 방법은 서까래 위로 날아올라 알을 낳음으로써 바닥에 떨어뜨려 깨뜨리는 것이었다.

그러자 나폴레옹은 신속하게 조치를 내렸다. 그는 암탉들의 먹이 배급을 중단하라고 명령한 뒤 옥수수 한 알이라도 주는 자는 죽음을 면치 못할 것이라고 엄포를 놓았다. 그리고 개들에게 이 명령을 지키는지 감시하라고 했다.

암탉들은 닷새 동안 버티다가 결국 항복하고 닭장으로 돌아왔다. 그러는 동안 암탉 아홉 마리가 죽었다. 그들의 사체는 과수원에 매장되었고, '콕시듐'으로 죽었다고 발표했다. 윔퍼 씨는 이 사건을 전혀 눈치채지 못했고 계약대로 달걀은 그를 통해 팔렸다. 그리하여 식료품 가게 마차가 일주일에 한 번씩 농장에 와서 달걀을 실어갔다.

이러는 동안에도 스노볼의 모습은 그 어디에도 눈에 띄지 않았다. 이웃 농장 폭스우드에 있다거나 핀치필드에 숨어 있다는 등 소문만 무성했다. 이즈음 나폴레옹과 다른 농장주들의 관계는 그전보다 호전되었다.

마침 농장 마당에는 10년 전 너도밤나무 숲을 벌목하여 수북

이 쌓아둔 목재가 방치되어 있었다. 긴 세월이 흐르는 동안 목재는 잘 말라 있었다. 이것을 본 윔퍼 씨가 나폴레옹에게 그것을 팔라고 제안했다. 이웃 농장의 필킹턴 씨와 프레드릭 씨가 눈독을 들이고 있다고 했다.

나폴레옹은 어느 쪽에 팔지 갈등했다. 왜냐하면 프레드릭 씨에게 팔까 하고 마음먹으면 스노볼이 핀치필드 농장에 숨어 있다는 소문이 들렸고, 또 필킹턴 씨 쪽으로 마음이 기울 때면 폭스우드 농장에 있다는 소문이 나돌았기 때문이다.

이른 봄이 되자 놀라운 사실이 하나 더 드러났다. 밤을 틈타 스노볼이 은밀히 이 농장에 출입하고 있다는 것이었다. 이 말을 들은 동물들은 불안해서 도무지 잠을 잘 수가 없었다. 소문에 의하면 그는 매일 밤 몰래 들어와서 온갖 악행을 저지른다고 했다. 옥수수를 훔쳐가거나 우유통을 쏟아버리는가 하면, 달걀을 깨뜨리고 묘목을 짓밟았으며, 과일나무 껍질을 벗겨놓기 일쑤라는 것이었다.

그래서 그들은 뭔가 잘못된 일이 생기면 무조건 스노볼 탓으로 돌렸다. 창문이 깨지거나 배수구가 막혀도 어김없이 스노볼이 밤에 와서 그렇게 해놓고 갔다고 불평했다. 또 저장 창고 열

쇠가 없어져도 농장의 동물들은 스노볼이 그것을 우물 속에 던져버렸다고 믿었다. 없어진 열쇠를 밀기울 부대 밑에서 찾아냈을 때조차 그들은 여전히 그렇게 믿었다. 암소들은 자신들이 잠든 사이에 스노볼이 우리에 몰래 들어와 젖을 짜 간다고 한목소리로 떠들었다. 그리고 그해 겨울 동안 골칫거리였던 쥐들이 스노볼과 한패라는 말도 나돌았다.

이윽고 나폴레옹은 스노볼의 행적을 철저히 조사하라고 명령했다. 그리고 개들의 호위를 받으며 직접 나서서 농장 건물들을 샅샅이 뒤지고 다녔다. 다른 동물들은 경의를 표하며 거리를 두고 그 뒤를 따랐다.

나폴레옹은 두서너 걸음 걷다가는 멈추고 스노볼의 흔적을 더듬기 위해 땅에 코를 대고 킁킁거렸다. 그는 냄새로 스노볼의 흔적을 확인할 수 있다고 했다. 그리고 창고와 외양간, 닭장과 채소밭 구석구석을 다니며 킁킁거렸고, 어느 곳에서나 스노볼의 흔적을 찾아냈다.

나폴레옹은 코를 땅에 대고 몇 번 숨을 깊이 들이마신 다음 무시무시한 목소리로 이렇게 외쳤다.

"스노볼이야. 그놈이 여기 왔었어. 분명 그놈 냄새야."

그의 입에서 스노볼이라는 말이 튀어나올 때마다 개들은 이빨을 드러내며 피가 얼어붙을 것 같은 소리로 으르렁거렸다.

동물들은 공포에 몸을 떨었다. 스노볼이 마치 눈에 보이지 않는 유령처럼 떠다니면서 음모를 꾸미고 그들을 위협하는 것만 같았다. 저녁때 스퀼러는 동물들을 한자리에 모아놓고 어처구니없다는 표정을 지으며 중대한 소식을 전하겠다고 했다.

스퀼러는 신경질적으로 서성거리며 말했다.

"동지 여러분! 놀라운 사실이 또 밝혀졌습니다. 핀치필드 농장의 프레드릭이 우리를 공격해 농장을 빼앗으려는 흉계를 꾸미고 있다고 합니다. 공격이 시작되면 분명 스노볼은 그놈들을 안내하는 길잡이 노릇을 할 것입니다. 그러나 그보다 더 놀라운 일이 있습니다. 스노볼의 배신은 그의 허영과 야심 때문이었다고 우리는 생각했습니다. 그러나 그게 아니었습니다. 동지 여러분, 진짜 이유가 무엇인지 아시겠습니까? 스노볼은 처음부터 존스와 한패였습니다. 그의 첩자였단 말입니다. 그가 미처 가져가지 못한 서류로 그것이 증명됐습니다. 동지 여러분, 이것으로 여러 가지 사실이 설명될 거라고 생각합니다. 그가 저 외양간 전투에서 우리를 패배로 몰아가려고 했던 것을 우리 모두 똑똑히 목격하지 않았습니까? 다행히 그의 계획은 수포로 돌아갔지만 말입니다."

동물들은 혼란에 빠졌다. 그것이 사실이라면 그야말로 풍차를 파괴한 것보다 훨씬 더 경악할 일이었다. 그러나 스퀄러의 말을 선뜻 받아들일 수 없었다. 그들은 스노볼이 외양간 전투 때 선두에 나서서 공격했고, 전세가 불리할 때마다 그들을 규합하고 격려했으며, 존스 씨가 쏜 총탄에 맞아 등에 상처가 났을 때조차 한순간도 멈추지 않고 싸웠던 기억이 생생했던 것이다. 그랬던 그가 존스 씨의 첩자라니 도저히 이해할 수 없었다. 웬만해서는 의심하지 않는 복서도 혼란스러워했다. 그는 앞발을 괴고 앉아 눈을 감고 생각을 정리하려고 애썼다.

"난 믿을 수가 없어요. 스노볼은 외양간 전투에서 용감하게 싸웠습니다. 내 눈으로 똑똑히 보았어요. 그리고 전투가 끝난 뒤 우리는 그에게 제1급 동물영웅 훈장을 수여했잖아요?"

복서가 말했다.

"동지, 그것이 바로 우리의 실수였습니다. 그는 우리를 패하게 하려고 일부러 그랬던 겁니다. 그 사실이 비밀문서를 통해 이제야 밝혀진 겁니다."

"하지만 그가 부상을 입고 피를 흘리면서도 돌진하던 모습을 우리 모두 똑똑히 보지 않았나요?"

복서가 말했다.

스퀼러가 큰 소리로 외쳤다.

"거참, 그것이 바로 속임수였다는 겁니다. 존스의 총알은 그의 등에 살짝 스쳤을 뿐입니다. 스노볼이 직접 쓴 서류에 모두 적혀 있단 말입니다. 여러분이 읽을 수만 있다면 보여줄 수도 있습니다. 하여튼 그는 결정적인 순간에 후퇴 신호를 보내 적에게 이곳을 내주려는 음모를 꾸몄던 겁니다. 그리고 하마터면 그렇게 될 뻔했지요. 동지 여러분, 우리의 영웅적인 지도자 나폴레옹 동지가 없었다면 아마 그의 계획은 성공했을 겁니다. 존스와 일꾼들이 마당으로 들어섰을 때 스노볼이 갑자기 돌아서서 도망치자 덩달아 많은 동물들이 그 뒤를 쫓아갔던 것을 기억하지 않습니까? 그리고 모든 것이 끝났다고 생각하는 바로 그 순간 나폴레옹 동지가 '인간 타도'라고 외치며 뛰쳐나와 존스의 다리를 이빨로 물어뜯었던 것도 기억하지 않습니까? 동지 여러분, 분명히 그것을 기억하고 있겠지요?"

스퀼러가 너무나도 생생하게 설명하자 동물들은 마치 그때의 장면을 눈앞에서 보는 듯했다. 그리고 위기에 몰렸을 때 스노볼이 돌아서서 도망쳤던 것 같기도 했다. 그러나 복서는 여전히 뭔가 석연치 않았다.

"나는 스노볼이 처음부터 첩자였다고 생각지 않아요. 그가 나중에는 어떻게 변심했는지 몰라도 외양간 전투에서는 훌륭한 동지였습니다."

복서는 마침내 결론을 내리듯 말했다.

"우리의 지도자 나폴레옹 동지께서는 스노볼이 처음부터, 그러니까 반란을 구상하기 훨씬 전부터 존스의 첩자였다고 분명히 말했습니다."

스퀼러가 단호하게 또박또박 말했다.

"아, 그렇다면 얘기가 다르지요. 나폴레옹 동지가 그렇게 말했다면 말입니다."

복서가 말했다.

"참으로 진정한 정신의 소유자요, 동지!"

스퀼러는 복서를 추어올리는 척했지만 그를 노려보는 매서운 눈빛에 못마땅한 기색이 역력했다. 그는 돌아서서 가다가 걸음을 멈추고 한마디 덧붙였다.

"이 농장에서는 눈을 크게 뜨고 있어야 합니다. 내 충고를 흘려듣지 마십시오. 우리 중에 스노볼의 첩자가 숨어 있다고 확신할 만한 증거가 있기 때문입니다."

나흘 뒤 늦은 오후에 나폴레옹은 동물들을 모두 마당에 집합시켰다. 나폴레옹은 훈장을 2개나 달고(그는 최근에 제1급 동물영웅 훈장과 제2급 동물영웅 훈장을 자기 자신에게 수여했다) 나타났다. 그의 주위에는 커다란 호위견 아홉 마리가 사방을 두리번거리면서 으르렁거렸다. 동물들은 공포로 등골이 서늘해지는 것을 느끼며 자리에 쪼그리고 앉았다.

나폴레옹은 일동을 둘러보고 나서 느닷없이 날카롭게 구호를 외쳤다. 그러자 호위하던 개들이 앞으로 달려 나와 느닷없이 돼지 네 마리의 귀를 물고는 끌고 갔다. 돼지들은 영문도 모른 채 고통을 호소하며 나폴레옹의 발밑까지 끌려갔다. 돼지들의 귀에서는 피가 흘러내렸고, 흥분한 개들은 한동안 미친 듯이 날뛰었다.

그러나 더욱 놀라운 일은 그중 세 마리가 순식간에 복서에게 덤벼든 것이었다. 그것을 보고 복서는 커다란 앞발을 내밀어 공중으로 뛰어오르는 개 한 마리를 잡아채 발굽으로 짓눌렀다. 개가 살려달라고 비명을 질러대자 다른 두 마리는 꼬리를 감추며 슬금슬금 물러났다. 복서는 개를 짓밟아 죽일지, 아니면 살려줄지 물어보는 듯 나폴레옹을 바라보았다. 나폴레옹은 안색이 변하는 듯하더니 엄숙한 어조로 개를 풀어주라고 명령했다. 복서가 발굽을 들자 다친 개가 몸을 끌고 낑낑거리면서 도망쳤다.

곧 소란이 가라앉았다. 끌려 나간 돼지들은 겁에 질려 부들부들 떨면서 처분이 내려지기를 기다리고 있었다. 나폴레옹은 그들에게 범행을 자백하라고 채근했다. 그들은 나폴레옹이 일요 회합을 폐지했을 때 항의했던 식용 돼지 네 마리였다. "어서 불지 못해!"라는 나폴레옹의 명령도 필요 없었다. 돼지들은 곧 스노볼이 추방된 뒤 비밀리에 그와 계속 접촉했으며, 그와 합세해 풍차를 파괴했고, 동물농장을 프레드릭 씨에게 넘겨주기로 이미 그와 협정을 맺었다고 자백했다. 그리고 스노볼이 지금까지 수년 동안 존스 씨의 첩자였음을 그들에게 은밀히 털어놓았다고 덧붙였다. 자백이 끝나자 개들이 일시에 달려들어 그들의 목을 물어뜯었다. 나폴레옹은 자백할 것이 있는 동물은 빨리 앞으로 나오라고 소리쳤다.

달걀 문제로 인한 반란의 주모자였던 암탉 세 마리가 앞으로 나와 꿈에 스노볼이 나타나 나폴레옹의 명령에 따르지 말라고 선동했다고 고백했다. 그들 역시 그 자리에서 무참히 죽임을 당했다. 그다음 거위 한 마리가 나와 지난 추수 때 옥수수 여섯 알을 숨겨두었다가 밤에 몰래 먹었다고 자백했다. 양 한 마리는 스노볼이 시키는 대로 식수용 우물에 오줌을 누었다고 자백했다. 다른 양 두 마리는 늙은 숫양(그 양은 나폴레옹의 헌신적인 숭배자였다)이 기침으로 고생하고 있을 때 모닥불 주위로 빙글빙글 몰아넣어 죽게 했다고 자백했다. 그들 역시 그 자리에서 죽음을 면치 못했다.

이렇게 자백과 처형이 계속되는 동안 마침내 나폴레옹의 발밑에는 시체가 그득히 쌓였고 피비린내가 진동했다. 이것은 존스 씨가 추방된 이래 처음 있는 일이었다.

처형이 끝나자 돼지와 개를 제외한 나머지 동물들은 무리를 지어 슬금슬금 자리를 빠져나갔다. 충격을 받은 동물들은 침통한 표정을 지었다. 스노볼과 공모한 동물들의 배신과 지금 목격한 잔인한 복수 중 어느 쪽이 더 충격적인지는 알 수 없었다. 존스 시절에도 이와 비슷한 도살 장면을 가끔 본 적이 있지만, 이번에는 같은 동물들이 저지른 일이었기에 더욱 참혹하게 느껴졌다. 존스 씨가 농장에서 추방당한 뒤부터 오늘날까지 동물을 죽인 적은 없었다. 심지어 쥐 한 마리 죽이지 않았다.

동물들은 반쯤 완성된 풍차가 있는 언덕으로 가서 마치 몸을 따뜻하게 하려는 듯 한곳에 웅크리고 앉았다. 클로버, 뮤리엘, 벤저민, 암소들, 양들 그리고 거위와 암탉 들까지. 고양이 빼고 모두 모였다. 고양이는 나폴레옹이 동물들에게 집합하라고 명령하기 직전에 돌연 자취를 감췄다.

한동안 아무도 입을 열지 않았다. 복서는 홀로 서서 분주하게 왔다 갔다 했다. 기다란 검은 꼬리로 옆구리를 탁탁 치다가 가끔 놀란 듯이 낮게 한숨을 내쉬었다. 마침내 그가 입을 열었다.

"믿어지지 않는군요. 이런 일이 우리 농장에서 일어나다니…… 믿을 수가 없어요. 아마 우리에게 뭔가 문제가 있기 때문일 겁니다. 내 생각에는 좀더 열심히 일하는 것만이 상책인 듯싶어요. 그래서 이제부터 나는 아침에 한 시간 더 일찍 일어나겠습니다."

그는 말을 마치고 육중하지만 빠른 걸음으로 채석장으로 갔다. 그러고는 돌을 모아 연거푸 수레 두 대를 풍차 있는 곳까지 끌어다 놓고 잠자리에 들었다.

동물들은 말없이 클로버를 에워싼 채 웅크리고 앉아 있었다. 그 언덕에서는 가까운 마을이 훤히 내려다보였다. 동물농장도 한눈에 내려다보였다. 큰길까지 쭉 뻗은 긴 목장, 풀밭, 작은 숲, 우물, 어린 밀이 자라고 있는 밭, 굴뚝에서 연기가 뭉게뭉게 피어나는 농장 건물의 붉은 지붕들이 보였다. 맑게 갠 봄날 저녁에 풀과 싹이 돋아나고 있는 산울타리가 저녁 햇살을 받아 황금빛으로 빛났다. 지금까지 이 농장이 그처럼 아름답게 보인 적이 없었다. 그리고 이것이 그들의 농장이고 모든 게 자신들 소유라는 생각이 들자 이루 말할 수 없이 경이로웠다.

　언덕을 내려다보던 클로버의 눈에 눈물이 그렁그렁 맺혔다. 그녀가 자기 생각을 말할 수 있었다면, 그들이 수년 전 인간을 전복하기로 했을 때 이런 꼴을 보려고 함께한 것은 결코 아니었다고 말했을 것이다. 이와 같은 공포와 학살은 메이저가 처음 그들에게 반란을 선동했던 그날 밤 그들이 꿈꾸고 기대했던 것이 결코 아니었다.

　클로버가 꿈꾸던 미래는 동물들이 굶주림과 매질로부터 해방되고, 모두 평등한 위치에서 자신의 능력껏 일하는 사회였다. 메이저가 연설하던 날 밤 자기가 앞다리로 새끼 오리들을 감싸

준 것처럼 강자가 약자를 보호해주는 그런 따뜻한 사회였다. 그런데 어쩌다 이렇게 되었단 말인가! 누구도 자신의 속마음을 허심탄회하게 털어놓을 수 없을 뿐 아니라 으르렁거리는 개들이 사방에서 감시하고 있으며, 충격적인 범죄를 자백한 후 참혹하게 죽임을 당하는 참상을 가만히 보고만 있어야 하는 현실이 닥친 것이다.

그러나 클로버의 마음속에는 반란이나 불복종 같은 단어가 떠오르지 않았다. 이렇게 험악한 지경에 이르렀다 해도 존스 시절보다 훨씬 낫다는 생각이었다. 그리고 무엇보다 인간들의 복귀를 막는 것이 우선이라고 생각했다. 그녀는 무슨 일이 있어도 충절을 지킬 것이며, 열심히 일하고 명령을 수행하며 나폴레옹의 지시를 따를 것이다. 그러나 그녀와 다른 동물들은 이런 결과를 맞이하고자 희망을 품고 부지런히 일한 것이 아니었다. 그들이 풍차를 건설하고 존스 씨의 총탄을 막아낸 것도 이렇게 되기 위함이 아니었다. 적절한 말로 표현할 수는 없었지만 그녀의 마음속에는 이런 생각이 가득했다.

마침내 그녀는 말로 표현할 수 없는 마음을 대신하려는 듯 〈영국의 동물들〉을 부르기 시작했다. 그녀 주위에 앉아 있던 다른 동물들도 따라 부르면서 결국 세 번이나 불렀다. 여태까지 불러본 적 없는, 슬픈 듯 아주 느린 창법이었다.

그들이 막 세 번째 노래를 마쳤을 때 스퀼러가 개 두 마리를 데리고 무언가 중대 발표를 하려는 듯 다가왔다. 그는 나폴레옹 동지의 특별 지시에 따라 〈영국의 동물들〉은 이제부터 금지곡이 되었으니 더 이상 불러서는 안 된다고 말했다.

동물들은 또다시 놀랐다.

"금지하는 이유가 뭡니까?"

뮤리엘이 소리쳤다.

"동지, 그 노래는 더 이상 부를 필요가 없게 되었습니다. 〈영국의 동물들〉은 반란의 노래입니다. 그러나 반란은 이제 끝났습니다. 오늘 오후 반역자를 처형함으로써 다 마무리되었단 말입니다. 이제 농장 안팎의 적들이 모두 사라졌습니다. 우리는 〈영국의 동물들〉에서 보다 나은 사회에 대한 염원을 표현했는데 그 사회가 이제 건설되었습니다. 그러니 더 이상 그 노래를 부를 필요가 없게 되었단 말입니다. 알겠습니까?"

두려운 가운데 몇몇 동물들이 항의할 태세였다. 그러나 양들이 여느 때처럼 "네 다리는 좋고, 두 다리는 나쁘다."고 몇 분간

계속 외쳐대는 사이 토론이 끝나고 말았다.

그 후로 〈영국의 동물들〉은 더 이상 들리지 않았다. 그 대신 시를 쓰는 돼지 미니무스가 다른 노래를 지었다. 그것은 다음과 같은 가사로 시작되었다.

　　동물농장이여, 동물농장이여!
　　우리가 그대들을 지켜주리라.

동물들은 일요일 아침마다 기를 게양하고 나서 이 새 노래를 불렀다. 그러나 동물들은 어쩐지 그 가사나 곡조가 〈영국의 동물들〉만큼 썩 마음에 들지 않았다.

제8장

며칠 후 처형이 몰고 온 공포 분위기가 잦아들자 몇몇 동물들은 차츰 "어떤 동물도 다른 동물을 죽여서는 안 된다."는 여섯 번째 원칙을 기억해냈다. 아니 기억이 나는 듯했다. 그러나 그 누구도 돼지나 개들이 듣는 앞에서는 그런 말을 입 밖에 내지 않았다. 다만 지난번 불미스러운 사건이 왠지 이 원칙에 어긋나는 것 같다고 생각했다. 클로버도 벤저민에게 여섯 번째 원칙을 읽어달라고 했지만, 벤저민은 늘 그랬듯이 그런 일에 관여하고 싶지 않다고 딱 잘라 말했다.

클로버는 뮤리엘을 데리고 갔다. 뮤리엘이 그 원칙을 천천히 읽었다. 거기에는 "어떤 동물도 이유 없이 다른 동물을 죽여서는 안 된다."고 씌어 있었다. 어떻게 된 일인지 동물들 중 누구도

'이유 없이'라는 단어를 기억하지 못하고 있었다. 그러나 그들은 그 원칙을 어긴 것이 아님을 알게 되었다. 스노볼과 공모한 반역자들의 처형은 충분한 이유가 있었기 때문이다.

그해 내내 동물들은 지난해보다 더욱 열심히 일했다. 농장 일을 하면서 전보다 2배나 더 두꺼운 벽으로 세우는 풍차를 예정된 날짜에 완공하기란 여간 힘든 일이 아니었다. 일은 더 많이 하면서 먹는 것은 존스 시절보다 더 나아진 것이 없다고 생각될 때도 많았다.

일요일 아침이면 스퀼러는 기다란 종이 두루마리를 앞발로 들고 각종 식량 생산이 경우에 따라 2백 퍼센트, 3백 퍼센트 혹은 5백 퍼센트 늘었다는 것을 증명하는 통계표를 읽어 내려갔다. 동물들은 반란 전의 생활이 어떠했는지 명확하게 기억나지 않았기 때문에 스퀼러의 말을 믿는 수밖에 없었다. 숫자 따위는 아무래도 좋으니 식사량만 더 늘려주면 좋겠다는 생각이 들 때도 있었다.

나폴레옹의 명령은 주로 스퀼러나 다른 돼지들이 전달했다. 나폴레옹은 2주일에 한 번 정도, 아니면 거의 동물들 앞에 모습을 나타내지 않았다. 어쩌다 그가 나타날 때는 개와 검은 수탉이 수행했는데, 수탉은 앞에 서서 행진하며 나팔수 역할을 했다. 나폴레옹이 연설하기 전에 "꼬끼오 꼬꼬!"라고 소리 높여 울어댔던 것이다.

소문에 의하면 나폴레옹은 농장 본채에서도 별도의 방을 따로 쓰고 있다고 했다. 그는 개 두 마리의 시중을 받으면서 혼자 식사를 하고, 거실 장식장에 진열되어 있던 정찬용 식기 크라운 더비를 사용한다고 했다. 매년 나폴레옹의 생일에는 다른 두 기념일과 마찬가지로 축포를 쏠 것이라는 발표도 있었다.

나폴레옹은 이제 단순히 '나폴레옹'이라고 불리지 않았다. 그는 언제나 공식적으로 '우리의 영도자 나폴레옹 동지'로 불렸으며, 돼지들은 그에게 '모든 동물들의 아버지', '인류의 두려운 존재', '양떼들의 수호자', '어린 오리들의 친구' 등 갖가지 칭호를 붙였다.

스퀼러는 나폴레옹의 지식과 그의 따뜻한 마음씨에 대해 연설하면서 눈물까지 흘렸다. 떠돌이 동물들, 특히 다른 농장에서 아무것도 모른 채 노예에 가까운 생활을 하고 있는 불행한 동물들을 염려하는 그의 깊은 사랑은 가없다고 했다. 모든 훌륭한 업적이나 행운이 나폴레옹의 공으로 돌려지는 것도 예사였다.

암탉 한 마리가 다른 암탉에게 다음과 같이 말하는 경우도 있었다.

"우리의 영도자 나폴레옹 동지의 지도로 나는 엿새 동안 알을 5개나 낳았지."

또 언젠가는 암소 두 마리가 우물에서 물을 마시며 이렇게 외쳤다.

"나폴레옹 동지의 영도력 덕분에 이렇게 시원한 물을 마실 수 있는 거야."

농장의 분위기는 미니무스가 지은 〈나폴레옹 동지〉라는 시에 잘 나타나 있었다. 시 내용은 이랬다.

어버이 없는 자들의 친구,

행복의 샘,

여물통의 주인이신 그대여!

그대의 조용하고 위엄에 찬 눈을 바라볼 때마다

내 영혼은 하늘의 태양처럼 불타오르니,

아, 나폴레옹 동지여!

모든 동물들이 사랑하는 그대,

모든 것을 주시는 분이여!

하루에 두 번 배불리 먹고

깨끗한 짚 더미 잠자리를 제공하시니

크고 작은 모든 동물들은

그대의 울타리 안에서 편히 잠드네.

모든 것을 돌봐주시는 그대,

아, 나폴레옹 동지여!

내게 젖먹이 새끼가 있다면

한 홉들이 맥주잔이나 밀대만큼

크게 자라기 전에

그대에게 충성하고 진심을 다 바칠 것을 가르쳐

그가 맨 처음 외칠 소리는

'나폴레옹 동지!'일지니.

나폴레옹은 이 시가 퍽이나 마음에 들었는지 큰 헛간 벽, '7개 원칙' 맞은편 끝에 써놓으라고 했다. 시 위에는 스퀼러가 하얀

색 페인트로 나폴레옹의 옆모습을 그려놓았다.

한편 나폴레옹은 윔퍼 씨를 통해 프레드릭 씨와 필킹턴 씨를 상대로 복잡한 협상을 진행하고 있었다. 마당에 쌓여 있는 목재는 아직도 팔리지 않았다. 두 사람 중 프레드릭 씨가 더 욕심을 냈지만 값을 제대로 쳐주려고 하지 않았다. 게다가 풍차 건설을 못마땅하게 생각하는 프레드릭 씨와 그의 일꾼들이 동물농장을 습격해 풍차를 파괴하려 한다는 소문이 나돌았다. 스노볼은 여전히 핀치필드 농장에 숨어 있는 것으로 알려져 있었다.

그러던 중 한여름에 또다시 경악할 만한 사건이 발생했다. 암탉 세 마리가 자진 출두해서 스노볼의 선동으로 나폴레옹 살해 음모에 가담한 적이 있다고 자백한 것이다. 물론 그 암탉들은 즉시 처형되었다. 그리고 나폴레옹의 안전을 위한 새로운 대비책이 마련되었다. 개 네 마리가 매일 밤 그의 침대 네 귀퉁이를 하나씩 맡아 지켰고, 핑크아이라고 불리는 어린 돼지는 나폴레옹의 식사에 독극물이 들어 있는지 확인하기 위해 그가 먹기 전에 먼저 시식하는 임무를 맡았다.

이 무렵 나폴레옹이 목재를 필킹턴 씨한테 팔기로 결정했다는 소문이 나돌았다. 그뿐 아니라 동물농장과 폭스우드 농장이

몇 가지 생산물에 대해 정기적인 계약을 맺으려 하고 있었다.

나폴레옹과 필킹턴 씨의 거래는 비록 윔퍼 씨를 통해 이루어졌지만 시간이 흐르자 우호적인 관계로 발전했다. 동물들은 필킹턴 씨를 싫어했지만(그 역시 인간이므로) 그들이 두려워하고 미워하는 프레드릭 씨보다 낫다고 생각했다.

여름이 지나면서 풍차는 거의 완공 단계에 접어들었다. 그러자 인간들의 공격이 임박했다는 소문이 더욱 무성하게 나돌았다. 떠도는 소문에 의하면 프레드릭 씨가 총으로 무장한 일꾼 20명을 동원할 계획이며, 행정관서와 경찰을 이미 뇌물로 매수해 그가 동물농장을 수중에 넣기만 하면 어떤 문제도 삼지 않도록 조처해두었다는 소문이었다. 더욱이 프레드릭 씨의 그 무시무시한 동물 학대 이야기도 핀치필드에서 흘러나왔다.

프레드릭 씨는 늙은 말을 채찍으로 때려죽였고, 암소를 굶겨 죽였으며, 개를 시궁창에 내던져 죽였고, 밤에는 수탉의 발에 면도날 파편을 끼워 닭싸움을 붙이고 그것을 즐긴다는 것이었다. 동물들은 이런 끔찍한 일을 자신의 동지들이 당하고 있다는 이야기를 듣자 피가 거꾸로 솟는 듯했다. 어떤 동물은 떼를 지어 핀치필드 농장을 습격해 인간들을 내쫓고 동물들을 자유롭게 해방시키자고 목소리를 높이기도 했다. 그러나 스퀄러는 동물들에게 경솔하게 행동하지 말고 나폴레옹 동지의 전략을 믿으라고 충고했다.

그러나 프레드릭 씨에 대한 반감은 점점 고조되었다. 어느 일요일 아침, 나폴레옹이 창고에 나타나 목재 더미를 프레드릭 씨에게 팔 생각은 한 번도 해본 적이 없다고 밝혔다. 그런 파렴치한 인간과 거래하는 것은 자신의 체면을 깎아내리는 일이라고 말했다. 그리고 그는 반란 소식을 퍼뜨리기 위해 아직도 외부로 파견하는 비둘기들에게 필킹턴 씨의 폭스우드 농장에 드나들지 말라는 지시를 내림과 동시에 '인간 타도'라는 이전의 구호를 '프레드릭 타도'로 바꾸라고 명령했다.

늦여름이 되자 스노볼의 또 다른 음모가 드러났다. 밀밭에 잡초가 무성한 것은 사실 스노볼이 밤에 몰래 들어와 밀 씨앗에 잡초 씨를 섞어놓았기 때문이라는 것이었다. 이 음모에 가담했던 수컷 거위 한 마리가 스퀄러에게 범행 일체를 자백하고 나서 독이 있는 열매를 먹고 자살했다.

동물들은 지금까지 믿고 있던 사실과는 반대로 스노볼이 제1급 동물영웅 훈장을 받은 사실이 없다는 것을 알게 되었다. 그것은 결국 외양간 전투 후에 스노볼 자신이 퍼뜨린 소문에 지나지 않으며, 훈장을 받기는커녕 그는 전투에서 비겁한 짓을 했기 때문에 오히려 질책을 당했다고 했다. 이런 이야기를 듣고 이번에도 몇몇 동물들은 혼란스러웠지만 스퀼러는 동물들이 잘못 기억하고 있는 것이라고 못 박았다.

가을이 되자 전력을 다해(추수철과 겹쳐 일손이 달렸기 때문에) 풍차를 완공했다. 풍차를 움직일 기계 구입을 위해 윔퍼 씨가 교섭을 벌이고 있긴 했지만, 어쨌든 풍차 자체는 완벽하게 세워졌다. 한 번도 해본 적 없는 일이라 수많은 시행착오를 겪어야 했고, 게다가 원시적인 도구를 이용해야 했으며, 스노볼의 훼방에도 불구하고 예정된 완공일을 하루도 넘기지 않았다.

동물들은 피로에 지쳐 있었지만 뿌듯한 마음으로 풍차 주위를 맴돌았다. 그들의 눈에는 그것이 처음 지었던 것보다 훨씬 아름답게 보였다. 게다가 벽은 처음보다 2배나 두꺼웠다. 폭약이 아니고서는 무너뜨릴 수 없을 것이다. 그동안 얼마나 힘들었던가. 그러나 풍차 날개가 움직여 발전기가 가동되는 날이면 그들의 생활에 커다란 변화가 일어나리라.

이 모든 것을 생각하자 동물들은 피로가 말끔히 가시는 듯했다. 그들은 감회에 젖어 풍차 주위를 빙빙 돌았다. 나폴레옹도 개와 수탉들을 거느리고 시찰하러 왔다. 그는 동물들의 노고를 치하한 뒤 풍차를 '나폴레옹 풍차'로 명명한다고 발표했다.

이틀 후, 동물들은 특별회합에 참석하기 위해 헛간에 모였다. 동물들이 알고 있던 것과는 반대로 목재 더미를 프레드릭 씨에게 팔기로 했다는 발표가 있었다. 동물들은 어리둥절했다. 내일 프레드릭 씨의 마차가 와서 그 목재들을 실어갈 것이라고 했다. 나폴레옹은 겉으로는 필킹턴 씨와 우호 관계를 유지하는 것처럼 위장하고 실제로는 프레드릭 씨와 비밀리에 협상했던 것이다.

그날로 폭스우드 농장과의 모든 관계가 단절되었다. 모욕적인 말이 필킹턴 씨에게 전달되었다. 이번에는 비둘기들에게 핀치필드 농장 가까이 가지 말라는 지시가 내려졌다. 그들의 구호도 '프레드릭 타도'에서 '필킹턴 타도'로 바꾸라는 명령이 떨어졌다. 동시에 나폴레옹은 동물들에게 동물농장에 대한 습격이 임박했다는 것은 헛소문이며 프레드릭이 동물들을 잔인하게 대한다는 것도 지나치게 과장된 이야기라고 말했다. 아마도 모두 스노볼과 그의 첩자들이 지어낸 소문일 것이라고 확신했다.

어쨌든 이제 스노볼이 핀치필드 농장에 숨어 있지 않다는 사실이 밝혀졌으며 실제로 그곳에서 지낸 적이 없다는 것이었다. 또한 소문에 의하면 그는 폭스우드 농장에서 대단히 사치스러운 생활을 하고 있으며 지난 수년 동안 필킹턴 씨의 손님 대접을 받고 있다는 것이었다.

돼지들은 나폴레옹의 책략을 알고 나서 경탄을 금치 못했다. 그는 필킹턴 씨와 친한 것처럼 꾸며서 프레드릭 씨에게 12파운드나 더 받고 목재를 팔았던 것이다. 스퀼러는 나폴레옹이 프레드릭조차 믿지 않았다는 사실만 봐도 그의 머리가 얼마나 좋은지 알 수 있다고 떠벌렸다.

프레드릭 씨는 목재 값을 어음으로 지불하려고 했다. 그것은 지불 날짜가 적힌 종이쪽지 같은 것이었다. 그러나 나폴레옹은 그의 꾀에 넘어가지 않았다. 그는 목재를 실어가기 전에 5파운드짜리 지폐로 지불해야 물건을 넘겨주겠다고 했다. 프레드릭 씨는 결국 지폐로 지불했고, 그 액수는 풍차에 설비할 기계를 구입하기에 충분했다.

목재는 짐마차에 실려 사라졌다. 동물들은 프레드릭 씨가 지불한 지폐를 구경하기 위해 헛간에서 또 한 번의 특별회합을 가졌다. 나폴레옹은 훈장 2개를 달고 연단의 짚 더미 위에 편안한 자세로 비스듬히 누운 채 흐뭇한 미소를 짓고 있었다. 그리고 돈은 농장 본채 주방에서 가지고 온 사기 접시 위에 쌓여 나폴레옹 옆에 놓여 있었다.

동물들은 일렬로 천천히 그 옆을 지나가며 지폐를 구경했다. 복서는 코를 들이대고 킁킁거리며 냄새를 맡았다. 그의 콧김에 의해 얇고 하얀 지폐가 바스락 소리를 내며 펄럭거렸다.

그런데 사흘 후 예기치 못한 일이 벌어졌다. 윔퍼 씨가 새파랗게 질린 얼굴로 자전거를 타고 샛길로 달려와서 자전거를 마당에 내동댕이치고 곧장 본채로 뛰어들어 갔다. 다음 순간 숨이 멎을 것 같은 단말마의 비명이 나폴레옹 방에서 들려왔다.

이 소식은 삽시간에 농장 전체에 퍼졌다. 나폴레옹이 받은 것은 위조지폐였다. 그러니까 프레드릭 씨가 돈 한 푼 안 내고 목재를 가져간 것이다.

나폴레옹은 즉각 동물들을 소집하고 격앙된 목소리로 프레드릭 씨에게 사형선고를 내렸다. 프레드릭을 생포하면 산 채로 끓는 물에 집어넣겠다고 소리쳤다. 동시에 동물들에게 이런 배신행위에는 반드시 응징이 따를 것이라고 경고했다. 어쩌면 프레드릭 씨와 그의 일꾼들이 오래전부터 계획했던 대로 동물농장을 습격할지도 모를 일이었다. 이렇게 해서 농장으로 통하는 길목마다 보초를 섰다. 그리고 비둘기 네 마리가 필킹턴 씨와 우호 관계를 재개하고 싶다는 메시지를 가지고 폭스우드 농장으로 날아갔다.

그다음 날 아침에 공격이 시작되었다. 동물들이 아침 식사를 하고 있을 때 파수꾼들이 뛰어들어 와 프레드릭 씨와 그의 일꾼들이 벌써 5개의 빗장이 달린 정문을 통과했다고 보고했다. 동물들은 벌떡 일어나 적을 맞으러 나갔다. 하지만 외양간 전투처럼 그리 쉽게 끝나지 않았다. 적은 남자 15명으로 절반은 총을 가지고 있었는데, 50야드(약 46미터—옮긴이) 앞에서부터 발포하기 시작했다.

동물들은 사방에서 터지는 총소리와 탄환에 대항할 수 없었다. 나폴레옹과 복서는 동물들이 흩어지지 않도록 독려했지만 얼마 버티지 못하고 후퇴하고 말았다. 그런 데다 상당수가 부상을 입었다. 그들은 농장 건물 곳곳으로 피신한 뒤 벽 틈이나 옹이구멍으로 조심스레 밖을 내다보았다. 풍차를 포함한 목장 전체가 적의 수중에 들어갔다. 나폴레옹도 속수무책인 것 같았다. 그는 말 한마디 하지 않고 빳빳한 꼬리를 꿈틀거리면서 서성거리기만 했다.

동물들은 간절한 눈빛으로 폭스우드 농장 쪽을 바라보았다. 필킹턴 씨와 그의 일꾼들이 그들을 도와주러 온다면 싸움에서 승리할 수 있을 것 같았다. 바로 그때, 전날 보냈던 비둘기 네 마리가 돌아왔다. 그중 한 마리가 필킹턴 씨가 보낸 종이쪽지를 물고 왔다. 연필로 "그거 참 고소하다."고 휘갈겨 쓴 글씨마저 놀리는 듯했다.

한편 프레드릭 씨와 그의 일꾼들은 풍차를 빙 둘러싸고 있었다. 그들을 지켜보던 동물들은 당황하여 웅성거리기 시작했다. 프레드릭 씨의 일꾼 2명이 정과 쇠망치를 꺼내 들었다. 풍차를 부술 생각인 것 같았다.

이때 나폴레옹이 코웃음을 쳤다.

"어림도 없는 일이지, 암. 벽이 두꺼워서 그 정도로는 일주일이 걸려도 부수지 못할 거다. 동지 여러분, 용기를 냅시다!"

그러나 벤저민은 꼼짝도 하지 않고 인간들의 행동을 지켜보았다. 쇠망치와 정을 든 남자 둘이 풍차 밑동에 구멍을 내고 있었다. 벤저민은 천천히, 마치 그럴 걸 예상이라도 했다는 듯이 긴 코를 벌름거리면서 말했다.

"그럴 줄 알았어. 저들이 뭘 하려는지 모르겠소? 조금 있으면 저 구멍에 폭약을 넣을 거요."

동물들은 겁에 질려 바라보았다. 그렇다고 건물 밖으로 뛰쳐나간다는 것은 자살행위나 다름없었다. 몇 분 지나자 인간들이 사방으로 흩어져 다급하게 뛰어가는 모습이 보였다. 그리고 곧 이어 귀가 먹먹할 정도의 폭음이 들렸다. 놀란 비둘기들은 황급히 하늘로 날아올랐고, 나폴레옹을 제외한 모든 동물들은 배를 땅바닥에 깔고 얼굴을 파묻었다.

동물들이 다시 일어났을 때 풍차가 있던 자리에서는 검은 연기가 뭉게뭉게 피어오르고 있었다. 미풍에 서서히 연기가 걷혔고, 그 자리에 있던 풍차는 온데간데없었다.

이 광경을 보고 동물들은 분노가 치솟는 것을 느꼈다. 조금 전까지 느꼈던 공포와 절망감은 이 비열하고 치사한 행위에 대한 분노 앞에서 순식간에 사라졌다. 그들은 복수의 함성을 외치며 명령이 떨어지기도 전에 한 덩어리가 되어 적을 향해 돌진했다. 머리 위로 빗발치는 탄환도 무섭지 않았다.

격렬한 전투가 벌어졌다. 인간들은 계속 총을 쏘아댔고, 동물들이 가까이 접근하면 몽둥이로 때리거나 무거운 구둣발로 사정없이 걷어찼다. 암소 한 마리와 양 세 마리, 거위 두 마리가 죽고 대부분의 동물들이 부상을 입었다. 후방에서 작전을 지휘하던 나폴레옹도 총탄에 꼬리 끝이 잘려 나갔다.

인간들도 부상을 입기는 마찬가지였다. 세 사람은 복서의 발굽에 맞아 머리가 깨졌고, 한 사람은 암소 뿔에 배를 다쳤으며, 또 한 사람은 제시와 블루벨에 의해 바지가 찢겨 나갔다. 이윽고 산울타리 그늘로 숨어들었다가 우회 공격을 하라는 나폴레옹의 지시를 받은 그의 호위견 아홉 마리가 일시에 사람들 앞에 나타났다. 개들이 죄어들며 사납게 짖어대자 인간들은 겁을 먹은 듯했다.

동물들에게 포위당할 조짐이 보이자 프레드릭 씨는 일꾼들에게 빠져나갈 수 있을 때 어서 퇴각하라고 소리쳤다. 그러자 사색이 된 적들은 필사적으로 도망쳤다. 동물들은 들판 끝까지 쫓아가 그들이 가시나무 울타리를 비집고 빠져나갈 때까지 공격을 퍼부었다.

마침내 동물들은 승리했다. 그러나 온몸에서 피가 흐르고 지칠 대로 지쳐 있었다. 그들은 아픈 다리를 끌고 농장으로 걸어갔다. 전사한 동지들이 풀밭에 쓰러져 있는 광경을 보고 몇몇 동물들은 눈물을 흘렸다.

동물들은 풍차가 있던 자리에 멈춰 서서 침묵에 잠겼다. 풍차는 사라지고 없었다. 그들이 그토록 힘들여 완공한 풍차가 흔적도 없이 사라진 것이다. 건물을 지탱하던 바닥까지 군데군데 파여 있었다. 풍차를 다시 세운다 하더라도 지난번처럼 흩어진 돌들을 이용할 수도 없었다. 강력한 폭발로 돌이 수백 야드 밖으로 날아가 버린 것이다. 마치 풍차는 애초부터 그 자리에 없었던 것 같았다.

그들이 농장 근처까지 왔을 때 전투 중에는 보이지 않던 스퀼러가 웃음을 머금고 꼬리를 흔들면서 달려왔다. 그리고 건물 쪽에서 축포처럼 울리는 총소리가 들렸다.

"무슨 총소리죠?"

복서가 물었다.

"우리의 승리를 자축하는 축포입니다!"

스퀼러가 외쳤다.

"승리라니, 무슨 승리 말입니까?"

복서가 물었다. 그의 무릎에서 피가 흘렀다. 그는 편자 하나를 잃었고 발굽은 찢어졌으며 뒷다리에는 총알이 열두어 개나 박했다.

"동지, 무슨 승리라니요? 우리는 우리의 땅, 신성한 이 땅에서 적들을 몰아내지 않았습니까?"

"하지만 저들이 풍차를 파괴했어요. 우리가 2년 동안 피땀 흘려 완공한 걸 말입니다."

"그게 어떻다는 겁니까? 풍차는 또 세우면 되지요. 마음만 먹으면 6개도 세울 수 있습니다. 동지, 동지는 우리가 이룩한 훌륭한 승리가 기쁘지 않단 말입니까? 적들은 지금 우리가 딛고 서 있는 바로 이 땅을 공격했습니다. 하지만 나폴레옹 동지의 영도력 아래 이 땅을 한 치도 빼앗기지 않고 되찾지 않았습니까?"

"우리가 가지고 있던 것을 되찾기는 했지요."

복서가 말했다.

"그게 바로 우리의 승리가 아니고 뭐겠습니까?"

그들은 아픈 다리를 끌면서 마당으로 들어섰다. 복서는 살에 박힌 총알 때문에 다리가 쓰리고 아팠다. 그는 풍차를 다시 만드는 광경을 머릿속으로 그려보았다. 앞으로 또 치러야 할 중노동을 상상하며 벌써부터 자신에게 용기를 불어넣고 있었다. 그러나 이때 처음으로 그는 자기가 열한 살이라는 것을 새삼 느꼈고, 자신의 기력도 예전 같지 않다는 생각이 들었다.

　그러나 동물들은 녹색 깃발이 펄럭이는 것을 보고, 축포 소리 (일곱 발을 쏘았다)를 들으며, 또 나폴레옹이 그들의 용감한 행위를 치하하는 연설을 듣는 동안 결국 자기들이 위대한 승리를 거두었다는 뿌듯한 기분을 느꼈다.

　전투 중에 죽은 동물들의 장례식 또한 엄숙하게 치러졌다. 복서와 클로버는 영구차가 된 짐마차를 끌었고, 나폴레옹은 몸소 행렬 선두에 서서 걸었다. 그리고 꼬박 이틀 동안 축하 행사가 치러졌다. 노래와 연설이 있었고, 많은 축포를 쏘아 올렸다. 새는 옥수수 2온스, 개는 비스킷 3개, 나머지 동물들은 사과 하나씩 특별 선물이 주어졌다.

　이번 전투는 '풍차 전투'라고 불렀고, 나폴레옹은 '녹색기(旗) 훈장'을 새로 만들어 자신에게 수여했다. 이처럼 떠들썩한 분위기 속에서 위조지폐 사건은 잊혀졌다.

　그런 일이 있은 지 며칠 뒤 돼지들은 지하실에서 위스키 한 상자를 찾아냈다. 이 집을 처음 점거했을 때는 미처 발견하지 못한 것이었다. 그날 밤 농장 본채에서 왁자한 노랫소리가 들려왔다. 놀랍게도 금지곡인 〈영국의 동물들〉도 섞여 있었다. 저녁

9시 30분경에는 나폴레옹이 존스 씨의 낡은 모자를 쓰고 뒷문으로 나와 마당을 빙글빙글 돌다가 다시 집 안으로 사라지는 것이 보였다.

그러나 아침이 되자 본채에는 적막이 흘렀다. 돼지들은 꼼짝도 하지 않았다. 아침 9시가 가까워지자 스퀼러가 어슬렁거리며 나타났다. 게슴츠레한 눈과 꼬리를 축 늘어뜨린 모습이 흡사 병들어 기력이 빠진 듯했다. 그는 동물들을 소집해놓고 슬픈 소식이 있다면서 나폴레옹 동지가 위독하다고 했다.

비탄의 소리가 곳곳에서 터져 나왔다. 동물들은 농장 본채 문 근처에 짚을 깔아놓고 소리 나지 않게 걸어 다녔다. 그들은 눈물을 글썽거리며 지도자가 죽으면 자기들은 어떻게 될지 서로 의견을 묻기도 했다.

마침내 스노볼이 나폴레옹의 음식에 독약을 넣었다는 소문이 돌았다. 스퀼러는 11시에 또 다른 발표를 하러 나왔다. 나폴레옹 동지는 생전의 마지막 조처로 술을 마시는 자는 사형에 처한다는 엄명을 내렸다는 것이었다.

그러나 저녁때가 되자 나폴레옹은 조금 기운을 차린 것 같았고, 다음 날 아침 스퀼러가 전하는 말에 의하면 그가 거의 회복

되었다고 했다. 그날 저녁 나폴레옹은 다시 집무를 시작했다. 그다음 날 그는 윔퍼 씨에게 윌링던에서 양조법과 알코올 증류에 관한 책을 몇 권 구해오라고 지시했다는 사실이 알려졌다.

일주일 뒤 나폴레옹은 과수원 너머 작은 풀밭을 갈아엎으라고 명령했다. 그곳은 은퇴한 동물들을 위한 휴양지로 남겨둔 땅이었다. 풀이 나지 않아서 풀씨를 새로 뿌릴 계획이라고 했지만 사실은 보리를 심을 거라는 얘기가 전해졌다.

이 무렵 누구도 이해할 수 없는 이상한 사건이 일어났다. 어느 날 밤 자정쯤 마당에서 우당탕 하는 요란한 소리가 들렸다. 놀란 동물들이 우르르 몰려나왔다. 달 밝은 밤이었다. 7개 원칙이 쓰여 있는 큰 헛간 벽 밑에 사다리가 두 동강이 난 채 넘어져 있었다. 그리고 그 옆에 스퀼러가 기절한 채 쭉 뻗어 있었다. 주위에는 램프와 페인트 붓과 엎어진 페인트 통이 흩어져 있었다. 곧 개들이 달려와 그를 둘러쌌고, 그가 걸을 수 있게 되자 그를 호위해 농장 본채로 데리고 갔다.

동물들은 어찌된 영문인지 알 수가 없었다. 오로지 늙은 벤저민만이 모든 것을 알고 있다는 듯이 코를 벌름거렸지만 끝내 아무 말도 하지 않았다.

며칠 후 혼자 서서 7개 원칙을 읽고 있던 뮤리엘은 동물들이 잘못 기억하고 있는 원칙이 또 하나 있다는 것을 알게 되었다. 다섯 번째 원칙이 "어떤 동물도 술을 마셔서는 안 된다."는 것으로 기억하고 있었는데, 알고 보니 그들은 두 단어를 잊고 있었던 것이다. 실제로 거기 적혀 있는 것은 "어떤 동물도 술을 너무 많이 마셔서는 안 된다."는 것이었다.

제9장

복서의 찢어진 발굽은 오랫동안 그를 괴롭혔다. 동물들은 승리의 축하연이 끝난 다음 날부터 다시 풍차 건설에 매달렸다. 복서는 잠시도 쉬지 않았고, 자신의 고통을 표현하지 않는 것을 명예로 여겼다. 저녁때 클로버에게만 발굽의 고통을 조용히 호소할 뿐이었다. 클로버는 약초를 부드럽게 씹어서 복서의 발굽에 붙여주었다. 클로버와 벤저민은 복서에게 너무 무리하지 말라고 부탁했다.

"복서, 말이라고 해서 언제까지나 팔팔하지는 않아요."

클로버가 그에게 말했다. 그러나 복서는 그 말을 들으려고 하지 않았다. 그는 자기에게 남은 단 한 가지 소망은 자기가 은퇴할 나이가 되기 전에 풍차가 완성되어 잘 돌아가는 것을 보는 것이라고 말했다.

처음에 동물농장의 법률이 제정되었을 때의 정년이 말과 돼지는 열두 살, 암소는 열네 살, 개는 아홉 살, 양은 일곱 살, 암탉과 거위는 다섯 살이었다. 풍족한 노후 생활도 보장되어 있었다. 그러나 이제까지 실제로 은퇴를 해서 연금을 받고 있는 동물은 하나도 없었다.

하지만 최근 이 문제가 점차 불거지기 시작했다. 과수원 너머 조그만 밭이 보리밭으로 바뀌었으므로 큰 목장 한쪽 구석을 울타리로 막아서 은퇴한 동물들을 위한 풀밭을 만들 것이라는 소문이 나돌았다. 말에게는 하루에 옥수수 5파운드(약 2킬로그램─옮긴이), 겨울에는 건초 15파운드(약 7킬로그램─옮긴이), 그리고 공휴일에는 당근 또는 사과 하나가 연금으로 지급될 거라는 이야기도 있었다. 복서의 열두 번째 생일은 다음 해 늦여름이었다.

그간의 생활은 말로 다 할 수 없는 고난의 연속이었다. 겨울은 지난해 못지않게 추웠고, 식량은 더욱 부족했다. 돼지와 개를 제외한 모든 동물의 배급량이 또 한 차례 줄어들었다. 식량배급의 엄격한 평등화는 동물주의 원칙에 어긋나는 것이라고 스퀼러가 설명했다. 그는 겉으로야 어떻게 보이든 간에 실제로는 식량이 부족하지 않다는 것을 다른 동물들에게 어렵지 않게 증명해 보였다. 물론 당분간은 식량 배급을 재조정해야 하지만 (스퀼러는 '감소'라는 단어를 절대 사용하지 않고 언제나 재조정이라고 말했다) 존스 시절에 비하면 훨씬 낫다는 것이었다.

스퀼러는 날카로운 목소리로 재빠르게 숫자를 읽어나갔다. 그의 말대로라면 존스 시절보다 훨씬 많은 귀리와 건초와 순무를 생산하게 되었다. 일하는 시간은 줄어들었고, 식수의 질이 개선되었다. 또한 동물들의 수명이 길어졌고, 새끼들의 생존율도 확실히 높아졌으며, 축사에 마른 짚 더미가 늘어났고, 벼룩이 많이 줄어 덜 괴롭다고 했다.

동물들은 그 말을 모두 믿었다. 사실은 존스 씨와 그에 관련된 모든 것들이 그들의 기억에서 사라져버린 것이다. 그들은 때론 굶주림과 추위에 떨어야 했고, 잠자는 시간 빼고는 늘 일만 했다. 그러나 예전에는 더욱 비참했었다는 것은 의심할 여지도 없었다. 그들은 기꺼이 그렇게 믿었다. 더구나 그때는 노예나 다름없는 처지였지만 지금은 자유의 몸이 아닌가. 바로 이것이 스퀼러가 늘 지적하는 큰 차이점이었다.

농장에는 먹여 살려야 할 식구들도 많이 늘어났다. 가을이 되자 암퇘지 네 마리가 거의 동시에 새끼를 낳아 돼지만 서른한 마리가 되었다. 새끼들은 모두 점박이었는데 나폴레옹은 이 농장에서 유일한 수퇘지였으므로 그들의 혈통을 짐작하기란 쉬운 일이었다. 나중에 벽돌과 재목을 새로 들여와 농장 본채 정원에 교실을 지을 것이라는 발표가 있었다. 그동안 나폴레옹은 농장 본채 주방에서 직접 새끼 돼지들을 교육했고 정원에서 운동을 시켰다. 그리고 다른 새끼 동물들과 어울려서는 안 된다고 주의를 주었다.

이 무렵 새로운 규칙이 하나 생겼다. 그것은 돼지와 다른 동물들이 길에서 마주치면 돼지들에게 길을 비켜주어야 한다는 것이었다. 또 모든 돼지들은 계급에 상관없이 일요일에 녹색 리본을 꼬리에 달고 다니는 특권을 가진다는 규칙도 생겼다.

동물농장은 농사가 꽤 잘되었으나 자금 사정은 그다지 나아지지 않았다. 교실을 짓기 위해 벽돌과 모래와 석회를 사들여야 했고, 또 풍차 설비 기계를 구입할 돈을 비축해두어야 했다. 그리고 농장 본채에서 쓸 기름이나 양초, 나폴레옹의 식탁에 놓을 설탕(그는 설탕을 먹으면 뚱뚱해진다는 이유로 다른 돼지들에게는 설탕을 금지했다)도 필요했다. 게다가 연장, 못, 끈, 석탄,

철사, 고철, 개 먹이 비스킷 등 생필품도 필요했다. 그래서 건초 더미와 수확한 감자 일부가 팔려나갔다.

달걀은 일주일에 6백 개 팔려나갔다. 그해에는 겨우 지난해만큼 병아리를 깠다. 12월에 이미 재조정된 식량 배급이 2월에 또다시 줄었고, 기름을 절약하기 위해 축사에서는 램프도 켜지 못하게 했다. 그러나 돼지들은 무척 편안하게 생활하는 듯 눈에 띄게 몸이 불어났다.

2월 하순 어느 날 저녁 식욕을 돋우는 구수한 냄새가 조그만 양조장에서 마당을 거쳐 풍겨왔다. 이 양조장은 존스 시절에는 사용하지 않던 곳으로 주방 앞쪽에 있었다. 동물들은 한 번도 맡아보지 못한 냄새였지만 누군가 그것이 보리 삶는 냄새라고 했다.

동물들은 킁킁거리며 냄새를 맡고는 혹시 저녁 식사로 구수한 여물을 준비하고 있는 것이 아닌가 하고 생각했다. 그러나 저녁 식사 때 따뜻한 여물은 찾아볼 수 없었다. 그리고 그다음 일요일에 앞으로 수확한 보리는 모두 돼지들을 위한 것이라는 발표가 있었다.

과수원 너머 작은 풀밭에는 벌써 보리가 심어졌다. 그리고 곧 돼지들은 매일 맥주 1파인트(약 0.57리터—옮긴이)를 배급받았고 나폴레옹은 0.5갤런(약 1.9리터—옮긴이)을 마신다는 소문이 돌았다. 더구나 만찬 때나 쓰는 크라운 더비 수프 그릇으로 맥주를 마신다는 것이었다.

감수해야 할 어려운 일들이 여러 가지 있었지만 현재 생활의 질이 이전보다 훨씬 좋아졌다는 사실만으로 동물들은 고달픔을 조금 보상받은 셈이었다. 이전보다 노래도 더 많이 불렀고 연설과 행진도 더 많았다.

나폴레옹은 일주일에 한 번씩 동물농장의 투쟁과 승리를 축하하는 의미에서 '민주 행진'이라는 행사를 열었다. 지정된 시간에 작업을 중단하고 돼지를 선두로 말, 소, 양, 암탉, 거위, 오리 순서로 줄지어 행진하면서 농장 안을 도는 의식이었다. 이 대열의 선두에 나폴레옹의 검은 수탉이 섰고 측면에는 개들이 나란히 섰다. 복서와 클로버는 언제나 중간쯤에서 발굽과 뿔이 그려져 있는 '나폴레옹 동지 만세!'라고 적힌 녹색 깃발을 들고 참여했다.

행진이 끝난 후 나폴레옹을 찬양하는 시 낭독이 있었고, 최근의 식량 증산에 관한 스퀼러의 상세한 보고가 있었으며, 때로는 예포를 쏘기도 했다. 민주 행진의 가장 열성적인 지지자인 양들은 누군가(사실 돼지와 개가 주위에 없을 때는 불만을 토로하는 동물도 더러 있었다) 이런 일은 시간 낭비이고 공연히 추운 데서 떨게 한다며 불만을 터뜨리면 어김없이 큰 소리로 "네 다리는 좋고, 두 다리는 나쁘다!"고 외쳐 입을 다물게 했다.

그러나 대부분의 동물들은 이 행진을 즐겼다. 동물들은 행사의 주체이며 농장의 주인이고, 이러한 일들이 모두 자신들의 이익을 위한 것임을 생각하면 추위에 떠는 것도 새삼 즐거웠던 것이다. 그래서 그 시간에는 노래와 행진, 스퀼러의 통계 발표, 우렁찬 예포 소리, 또 젊은 수탉의 울음소리와 펄럭이는 깃발 소리를 들으며 배고픔을 잠시나마 잊을 수 있었다.

4월에 동물농장이 공화국으로 선포됨에 따라 대통령을 선출하게 되었다. 후보자는 나폴레옹 단 한 명뿐이었으므로 그는 만장일치로 대통령이 되었다.

바로 그날 스노볼과 존스 씨의 공모를 증명하는 더욱 확실한 새 문서가 발견되었다. 동물들이 지금까지 알고 있듯이 스노볼은 외양간 전투에서 패배하도록 책략을 썼을 뿐 아니라 공공연하게 존스 씨 편에서 싸웠다는 사실이 더욱 명백해졌다. 사실 그는 인간 군대의 지휘자가 되어 '인간 만세!'를 외치며 전투에 뛰어들었다는 것이다. 몇몇 동물들이 지금도 또렷하게 기억하고 있는 스노볼의 등에 난 상처도 실은 나폴레옹의 이빨에 물린 자국이었다고 했다.

한여름이 되자 몇 해 동안 자취를 감추었던 까마귀 모제스가 돌연 나타났다. 그는 조금도 변한 것이 없었다. 여전히 빈둥거리면서 전처럼 사탕과자 산에 대해 떠벌렸다. 그는 나무 등걸에 앉아 검은 날개를 퍼덕이면서 누가 들어주는 듯하면 몇 시간이고 같은 이야기를 늘어놓았다. 그리고 커다란 부리로 하늘을 가리키며 외쳤다.

"저기 저 위, 검은 구름 너머 저쪽에는 사탕과자 산이 있습니다. 우리 불쌍한 동물들이 노동에서 해방되어 영원히 안식하게 될 행복의 나라 말입니다."

그는 언젠가 하늘 높이 날아올라 실제로 그 나라에 갔었다고 했다. 그곳에서 사시사철 토끼풀이 자라는 들판과 아마씨 과자와 각설탕이 열리는 숲을 보았다고 했다.

많은 동물들이 그의 말을 믿는 눈치였다. 그들의 현재 생활은 굶주림과 과로의 연속이었으므로 더 좋은 세상이 어딘가에 있다고 믿는 것을 잘못이라고 할 수는 없었다. 그러나 이해할 수 없는 것은 돼지들의 태도였다. 돼지들은 모제스의 이야기는 모두 거짓말이라고 몰아붙이면서도 아무 일도 하지 않는 그에게 매일 약간의 맥주를 주면서 농장에 살도록 눈감아주었다.

복서는 발굽이 완전히 아물자 전보다 더 열심히 일했다. 다른 동물들 모두 노예처럼 열심히 일했다. 주어진 농장의 작업과 풍차 재건 외에도 3월부터 시작된 새끼 돼지의 교실을 짓는 작업까지 해야 했다.

풍족하게 먹지도 못하면서 오랜 시간 일을 한다는 것이 때로는 견딜 수 없는 일이었지만 복서는 묵묵히 일만 했다. 그의 말과 행동은 조금도 달라진 것 같지 않았다. 약간의 변화가 있다면 단지 겉모습뿐이었다. 그의 피부는 전처럼 윤기가 흐르지 않았고, 거대한 엉덩이가 약간 늘어진 것 같았다.

동물들은 "봄에 새싹이 돋으면 복서도 다시 살이 오를 거야." 라고 말했다. 그러나 봄이 왔는데도 복서는 좀처럼 살이 오르지 않았다. 채석장 꼭대기로 올라가는 비탈길에서 커다란 돌을 근육으로 지탱하고 있는 그의 모습을 보면 오로지 일을 해야 한다는 강력한 의지 하나로 버티고 있는 것 같았다. 그의 입술은 '조금만 더'라고 말하는 듯 달싹였으나 소리는 들리지 않았다.

클로버와 벤저민은 또다시 복서에게 몸 생각을 하라고 충고했지만 그는 흘려듣는 듯했다. 열두 번째 생일이 다가오고 있었으므로 은퇴하기 전에 돌을 충분히 모아놓아야 한다는 일념밖에 없었다.

여름 어느 날 늦은 저녁 복서에게 무슨 일이 생겼다는 소문이 농장 전체에 퍼졌다. 그가 돌무더기를 풍차 있는 곳으로 끌고 가려고 혼자 나간 뒤였다. 과연 소문은 사실이었다. 잠시 후 비둘기 두 마리가 날아와 소리쳤다.

"복서가 쓰러졌어요! 쓰러져 일어나지를 못해요!"

농장에 있던 동물들 중 절반 정도가 언덕으로 달려갔다. 복서는 마차 굴대 사이에 끼여 머리를 쳐들지도 못하고 옆으로 쓰러져 목을 빼고 숨을 헐떡이고 있었다. 그의 눈은 초점이 없었고, 옆구리는 땀 범벅이었으며, 입에서는 피가 흐르고 있었다. 클로버가 그 옆에 무릎을 꿇으며 외쳤다.

"복서, 어떻게 된 거예요?"

"폐를 다친 거 같아요. 하지만 괜찮아요. 내가 없어도 여러분은 충분히 풍차를 완성할 수 있을 거예요. 돌을 충분히 모아놓았으니까요. 어차피 나는 은퇴가 한 달밖에 남지 않았고, 마음속으로 그날을 기다리고 있었거든요. 벤저민도 이제 늙었으니까 함께 은퇴해 서로 말동무를 하며 지낼 수 있겠지요?"

"어서 스퀄러에게 알려요."

클로버가 외쳤다.

동물들은 소식을 전하러 농장 본채로 몰려갔다. 언덕에는 클로버와 벤저민만 남았다. 벤저민은 복서 옆에 앉아 긴 꼬리로 파리를 쫓는 것밖에 할 수 없었다.

15분쯤 지나자 스퀄러가 동정 어리고 걱정스러운 표정으로 나타났다. 나폴레옹 동지가 농장에서 가장 충실한 일꾼에게 이런 불행이 닥친 것을 알고 비통해하고 있으며, 복서를 윌링던의 병원에 보내 치료를 받을 수 있도록 만반의 준비를 하는 중이라고 전했다.

동물들은 이 이야기를 듣고 왠지 불안한 생각이 들었다. 몰리와 스노볼을 제외하고는 이 농장을 떠난 동물이 아직 없었기 때문이다. 게다가 병든 동지를 인간의 손에 맡기기가 찜찜했다. 그러나 스퀄러는 이 농장에서 치료하는 것보다 윌링던의 유능한 수의사가 복서를 더 잘 치료해줄 것이라며 간단하게 동물들을 납득시켰다. 그리고 30분쯤 지나자 복서는 조금 안정을 되찾아 간신히 축사까지 걸어갔다. 클로버와 벤저민이 복서의 잠자리를 살펴주었다.

그 후 이틀 동안 복서는 꼼짝도 못 하고 축사에 누워 있었다. 돼지들은 본채 욕실 약상자에서 찾아낸 커다란 분홍색 병을 복서에게 보내주었다. 클로버는 하루 두 번씩 식후에 약을 먹였다. 밤이 되면 클로버는 복서의 축사에서 함께 자며 이야기를 나누었고, 벤저민은 꼬리로 파리를 쫓아주었다.

복서는 다친 것을 슬퍼하지 않는다고 말했다. 완쾌되면 앞으로 3년은 더 살 수 있을 것이고, 그렇게 되면 저 커다란 목장 한쪽에서 평화로운 나날을 보내게 될 거라고 말했다. 그리고 이제 공부를 하고 마음의 수양을 쌓을 수 있는 시간적 여유가 생길 것이므로 미처 다 외우지 못한 알파벳 스물두 자를 익히며 여생을 보낼 생각이라고 말했다.

벤저민과 클로버가 복서와 함께 있는 시간은 작업이 끝난 저녁뿐이었다. 그런데 복서를 데리고 갈 짐마차가 온 것은 한낮이었다. 그때 동물들은 돼지의 감독을 받으면서 순무밭의 잡초를 뽑다가 갑자기 벤저민이 농장 건물 쪽에서 소리 지르며 달려오는 것을 보았다. 벤저민이 그토록 흥분한 모습은 처음이었다. 또한 그가 그토록 빨리 달리는 것도 처음 보았다.

"빨리, 빨리 와요! 복서를 데려가려고 해요!"

동물들은 감독하는 돼지의 명령을 뒤로하고 농장 건물로 달려갔다. 아닌 게 아니라 말 두 마리가 끄는 커다란 짐마차가 마당 한가운데 있었다. 그 측면에는 무슨 글자가 쓰여 있었고, 마부석에는 낡은 모자를 쓴 교활한 인상의 남자가 앉아 있었다. 복서의 축사는 벌써 텅 비어 있었다.

동물들은 짐마차 주위로 몰려들었다.

"복서, 잘 다녀와요."

동물들이 일제히 소리쳤다. 벤저민은 그들 주변을 뛰어다니며 조그만 발굽으로 땅바닥을 동동 구르면서 외쳤다.

"이런 바보들 같으니라고! 저 짐마차 옆에 뭐라고 쓰여 있는지 안 보인단 말이야?"

그러자 동물들은 멈칫하면서 물러났다. 뮤리엘이 글자를 더듬거리며 읽어나갔다. 그러자 벤저민이 뮤리엘을 밀치고 적막 속에서 글자를 또박또박 읽었다.

"윌링던의 알프레드 시몬즈, 폐마 도살 및 아교 제조, 피혁 및

골분 취급, 사료 공급. 저게 무슨 뜻인지 모르겠어? 복서를 폐마 도살장으로 데려가는 거야!"

동물들 사이에서 일제히 비명이 터져 나왔다. 그 순간 마부석에 앉아 있던 남자가 말에 채찍을 가했다. 그러자 짐마차가 빠른 속력으로 마당을 빠져나갔다. 동물들은 소리를 지르며 뒤쫓아갔다. 클로버가 맨 앞으로 헤치고 나왔다. 짐마차는 더욱 속력을 냈다. 클로버는 빨리 달리려고 굵은 네 다리로 안간힘을 썼지만 뜻대로 되지 않았다.

"복서! 복서! 복서! 복서!"

클로버가 외쳤다.

마침 그때 바깥의 소동을 들었는지 콧잔등에 흰 줄무늬가 있는 복서의 얼굴이 짐마차 뒷문 작은 창에 나타났다.

"복서, 뛰어내려요. 어서! 저들이 당신을 죽일 거예요."

클로버가 있는 힘껏 소리쳤다.

"복서, 뛰어내려요! 어서요!"

동물들도 한목소리로 외쳤다. 그러나 짐마차는 이미 빠른 속도로 멀어져갔다. 복서가 클로버의 말을 알아들었는지는 알 수 없었다. 하지만 잠시 후 그의 얼굴이 창문에 나타나지 않았고,

대신 짐마차 안에서 쿵쿵거리는 발굽 소리가 들렸다. 복서가 짐마차를 발굽으로 차 부수고 나오려 했다.

옛날 같으면 복서가 발굽으로 두서너 번 발길질을 하면 그런 짐마차쯤은 산산조각이 나고 말았을 것이다. 그러나 가엾게도 이제 그럴 힘이 없었다. 잠깐 동안 쿵쿵거리던 발굽 소리가 점점 희미해지더니 마침내 들리지 않았다. 동물들은 짐마차를 끌고 가는 말에게 멈춰달라고 필사적으로 외쳤다.

"이봐요, 당신들 형제를 도살장으로 끌고 가지 말아요."

그러나 멍청한 그 말들은 사태를 깨닫지 못하고 귀를 뒤로 젖힌 채 더욱 속력을 냈다. 복서의 얼굴은 더 이상 창문에 나타나지 않았다. 누군가 먼저 달려가서 5개의 빗장이 달린 정문을 닫으려 했지만 소용없었다. 짐마차가 먼저 그곳을 빠져나가 재빨리 큰길 쪽으로 사라져버렸다. 그것이 복서의 마지막 모습이었다.

사흘 후 복서는 윌링던의 병원에서 온갖 치료를 다 받았지만 차도를 보이지 않다가 숨을 거두었다고 했다. 스퀼러가 동물들에게 이 슬픈 소식을 전했다. 그는 복서의 마지막 순간을 지켜보았다고 했다. 그리고 그는 앞다리를 쳐들고 눈물을 훔치며 말했다.

"내 생전에 가장 감동적인 모습이었습니다. 나는 복서 동지가 임종하는 순간까지 그 곁을 떠나지 않았습니다. 그는 마지막에 기운이 없어 말하기조차 힘든 상황에서도 내 귀에 대고 풍차가 완성되는 것을 보지 못하고 눈을 감는 것이 안타깝다고 속삭였습니다. 그리고 이렇게 덧붙였지요. '동지 여러분, 전진합시다. 반란을 잊지 말고 전진합시다. 동물농장 만세! 나폴레옹 동지 만세! 나폴레옹 동지는 항상 옳습니다.' 동지 여러분, 이것이 그의 마지막 말이었습니다."

말을 마치고 나서 스퀼러의 숙연한 태도가 갑자기 돌변했다. 그는 잠시 입을 다물고 그 작은 눈으로 이리저리 동물들을 훑어보더니 계속했다.

스퀼러는 복서가 이곳에서 나갈 때 말도 안 되는 괴소문이 떠돈 것을 알고 있다고 말했다. 동물들 중에는 복서가 탄 짐마차에 '폐마 도살'이라고 쓰여 있는 것을 보고 경솔하게도 복서가 폐마 도살장으로 끌려가는 것이라고 섣부른 오해를 한 자들이 있었다는 것이다. 그는 그런 어이없는 생각을 한다는 것 자체를 도저히 용납할 수 없다고 말했다.

스퀼러는 분노를 참을 수 없다는 듯 꼬리를 흔들며 날뛰었다. 친애하는 영도자 나폴레옹 동지가 그 정도밖에 안 되겠냐고 소리쳤다. 그의 설명은 지극히 간단했다. 그날 농장에 온 짐마차는 전에 폐마 도축업자의 것이었는데, 수의사가 그것을 사서 미처 지우지 않았을 뿐이라고 했다. 그것이 오해가 생긴 원인이라고 설명했다.

동물들은 그의 설명을 듣고 비로소 안심했다. 그리고 스퀼러가 또다시 복서의 마지막 모습을 마치 눈앞에서 보는 것처럼 자세히 설명했다. 복서는 최상의 치료를 받았으며, 또 나폴레옹 동지가 돈을 아끼지 않고 비싼 약을 쓰도록 배려했다고 말했다. 그러자 동물들의 의심이 눈 녹듯 사라졌다. 적어도 그가 행복한 최후를 맞이했다는 생각으로 동지의 죽음에 대한 슬픔을 달랬다.

나폴레옹은 다음 일요일 아침 회합에 직접 나와서 복서를 추모하는 짤막한 연설을 했다. 동지의 유해를 농장으로 가져와 묻어줄 수는 없지만, 농장 본채 정원의 월계수로 커다란 화환을 만들어 복서의 무덤에 보내라고 지시했다.

그리고 이삼 일 뒤 돼지들이 복서를 기리는 추모 연회를 갖기로 했다고 발표했다. 나폴레옹은 복서의 좌우명이었던 "더 열심히 일하자!"와 "나폴레옹 동지는 항상 옳다!"를 상기시키면서 모든 동물들도 이 금언을 자신들의 신조로 삼는 것이 좋을 것이라는 말로 연설을 끝냈다.

추모 연회가 열리기로 예정된 날, 윌링던의 한 식료품 가게 마차가 농장으로 커다란 나무 상자 하나를 싣고 와 본채에 전하고 갔다.

그날 밤 본채에서는 시끄러운 노랫소리에 이어 격렬한 싸움 소리 같은 것이 들리더니 11시쯤 유리 깨지는 소리가 한바탕 들리더니 잠잠해졌다. 그리고 다음 날 점심때까지 본채에는 정적만이 감돌았다. 돼지들은 어디서 돈을 마련했는지 자신들이 마실 위스키 한 상자를 샀다는 소문이 돌았다.

제10장

세월이 흘렀다. 계절이 여러 번 바뀌었고, 동물들의 짧은 생애도 빠르게 막을 내렸다. 클로버와 벤저민, 까마귀 모제스와 몇몇 돼지들을 제외하고는 반란 이전의 옛일을 기억하는 동물도 별로 없었다.

뮤리엘도 죽고 블루벨과 제시, 핀처도 세상을 떠났다. 존스 씨도 다른 지방의 알코올중독자 수용소에서 생을 마쳤다. 스노볼도 동물들의 기억에서 사라졌다. 복서 또한 그를 직접 알던 몇몇의 기억에만 남아 있을 뿐 잊혀진 존재였다.

클로버도 이제 관절이 굳고 눈곱이 끼는 늙고 초라한 모습으로 변해 있었다. 그녀는 이미 정년을 두 해나 넘겼지만 실제로 은퇴한 동물은 한 마리도 없었다. 은퇴한 동물들을 위해 목장

한편을 마련해두었다던 이야기도 오래전에 없던 일이 되고 말았다.

나폴레옹은 체중이 24스톤(약 152킬로그램—옮긴이)이나 되는 장년의 수퇘지가 되었다. 스퀼러는 살이 너무 많이 쪄서 눈을 똑바로 뜨기도 힘들 정도였다. 그러나 벤저민 영감만은 별로 달라진 것이 없었다. 단지 콧등 쪽이 좀더 허옇게 변했고, 복서가 죽고 나서 더욱 침울해지고 과묵해졌을 뿐이었다.

처음 기대했던 만큼은 아니었지만 농장에 새 식구가 제법 늘었다. 이 농장에서 새로 태어난 동물들은 그 반란 사건이 입에서 입으로 전해진 이야기에 지나지 않는다고 생각했으며, 다른 곳에서 팔려 온 동물들은 아예 그런 이야기는 금시초문이라고 했다.

농장에는 현재 클로버 이외에 말 세 마리가 더 있었다. 그들은 늘씬하고 건강미 넘치는 데다 부지런하고 선량했지만 머리는 무척 나쁜 편이었다. 그들 중 어느 누구도 알파벳을 A와 B 이상 외우지 못하는 것을 보면 알 수 있었다. 그들은 반란과 동물주의 원칙에 대해 무엇이든 들은 그대로 받아들였다. 특히 클로버의 이야기라면 더욱 그랬는데 그녀를 어머니처럼 따르고 존

경했기 때문이다. 하지만 클로버의 이야기를 제대로 이해하는
지는 알 수 없었다.

농장은 전보다 조직적으로 번창해갔다. 필킹턴 씨로부터 밭
을 두 뙈기나 사들여 규모도 더욱 커졌다. 풍차도 성공적으로
완공되었다. 그리고 탈곡기와 건초 운반기도 장만했으며 건물
도 여러 채 세웠다. 중개인 윔퍼 씨도 돈을 벌어 이륜마차를 장
만했다. 풍차는 처음 계획했던 전력 발전과는 무관하게 곡식을
빻는 용도로 사용되었는데 그 수입이 꽤 괜찮은 것 같았다. 그
리고 동물들은 새로운 풍차를 세우느라 열심히 일했다. 이것이
완성되면 이번에는 발전기를 설치할 거라고 했다.

그러나 예전에 스노볼이 동물들에게 펼쳐 보였던 전등과 냉
온수기가 설치된 축사, 주 3일 노동 등 꿈 같은 이야기들은 더
이상 거론되지 않았다. 나폴레옹이 그런 생각은 동물주의 정신
에 위배된다고 비난했기 때문이다. 참된 행복이란 열심히 일하
고 검소하게 생활하는 데서 비롯된다고 그는 주장했다.

농장은 더욱 부유해진 것 같았지만 어쩐지 동물들의 생활은
더 나아졌다고 할 수 없었다. 물론 돼지와 개들은 예외였다. 아
마 돼지와 개의 수가 너무 많은 탓도 있을 것이다. 그렇다고 이

들이 일을 하지 않는 것은 아니었다. 나름대로 일은 하고 있었다. 스퀼러가 끈질기게 설명한 것처럼 농장을 감독하고 운영하자면 많은 일이 따르게 마련이었다. 그것은 대부분 무지한 다른 동물들이 이해할 수 없는 것들이었다.

스퀼러의 말에 의하면 돼지들은 문서, 보고서, 의사록, 각서 등 어려운 서류를 만드는 일에 골치를 앓는다고 했다. 이러한 것들은 커다란 종이에 글자를 빼곡하게 채우는 일로서 대부분 다 만들고 나면 난롯불에 처넣었다. 이것은 농장 복지를 위해 매우 중요한 일이라고 스퀼러는 강조했다. 그러나 돼지와 개들은 여전히 자신들의 노동으로는 한 줌의 곡식도 생산하지 못했다. 게다가 그들의 수가 너무 많은 데다 식욕도 언제나 왕성했다.

다른 동물들의 삶은 옛날이나 지금이나 크게 변한 것이 없었다. 그들은 늘 배가 고팠고, 짚 더미 위에서 잠을 잤으며, 웅덩이의 물을 마셔야 했다. 또한 온종일 밭에서 일했으며, 겨울이면 추위에 떨었고, 여름이면 파리 떼가 귀찮게 들러붙었다.

나이 든 동물들은 가물가물한 기억을 되살려 존스 씨가 갓 쫓겨났을 때인 반란 초기의 사정이 지금보다 좋았던가 아니면 나빴던가를 판단해보려고 했지만 그것마저 아리송했다. 현재의 삶과 비교해볼 만한 증거가 아무것도 없었기 때문이다. 스퀼러가 읊는 통계표의 숫자 이외에는 근거가 될 만한 것이 전혀 없었다. 그 통계표의 숫자에 의하면 모든 것이 향상되고 있었다. 동물들에게 이 문제는 도저히 해결할 수 없는 것이었다. 어쨌든 그들에게는 지금 이 문제를 되짚어볼 시간적 여유가 없었다.

단지 벤저민만은 그의 긴 생애에서 일어났던 사건들을 자세히 기억하고 있다고 했다. 그의 말에 의하면 현재가 그 옛날보다 더 좋을 것도 나쁠 것도 없고, 그렇다고 해서 앞으로 더 좋아질 것도 더 나빠질 것도 없다고 했다. 즉, 굶주림과 노동과 실망이 세상살이의 불변의 법칙이라고 했다.

그러나 동물들은 희망을 버리지 않았다. 게다가 그들은 잠시라도 자신들이 동물농장의 구성원이라는 명예와 자긍심을 잊지 않았다. 이 농장은 영국 전체를 통틀어 동물이 소유하고 운영하는 유일한 농장이었다. 그들 중 어느 누구도, 심지어 10마일(약 16킬로미터—옮긴이)이나 20마일 떨어진 농장에서 데려온 신참들까지 이 사실에 자긍심을 갖지 않는 동물이 없었다. 그리고 허공으로 울려 퍼지는 예포 소리와 게양대에서 펄럭이는 녹색 깃발을 바라볼 때면 그들의 가슴은 자부심으로 한없이 벅차올랐다.

그러면 항상 옛날의 영웅적인 시절, 존스 씨를 쫓아내고 7개 원칙을 내걸었던 일, 침략자 인간을 물리쳤던 전투 이야기를 하곤 했다.

그들은 옛날부터 꿈꾸어 왔던 희망을 결코 버리지 않았다. 영국의 푸른 들판이 인간들의 발에 짓밟히지 않을 동물공화국을 세우리라는 믿음, 메이저가 예언한 그 희망을 아직도 간직하고 있었다. 언젠가는 반드시 그날이 올 것이다. 당장 오지 않는다 해도, 또 지금 살아 있는 동물들 생전에 오지 않는다 해도 언젠가는 반드시 그날이 올 거라고 확신했다.

그들은 〈영국의 동물들〉을 몰래 부르고 있는지도 몰랐다. 사실 농장의 동물들은 누구나 이 노래를 알고 있었다. 그들의 생활이 고단하고 모든 희망이 다 이루어지지 않았는지 모르지만 그들은 다른 농장의 동물들과는 다르다는 자부심을 갖고 있었다. 배가 고파도 그것은 포악한 인간들을 먹여 살리느라 그런 것이 아니었다. 일이 고된 것도 자신들의 미래를 위한 것이었다. 그들 중 어느 누구도 두 발로 걷지 않았고, 어떤 동물도 다른 동물을 주인이라고 부르지 않았다. 이 농장에서는 모든 동물이 평등했다.

초여름 어느 날, 스퀄러는 양들을 인솔해 농장 한쪽 빈터로 데리고 갔다. 양들은 스퀄러의 감독 아래 그곳에서 풀을 뜯으며 하루를 보냈다. 저녁때가 되자 스퀄러는 양들에게 그곳에서 자라고 지시한 뒤(마침 날씨가 따뜻했다) 혼자 농장 본채로 돌아갔다.

그 후 양들은 꼬박 일주일을 그곳에서 지냈다. 그동안 다른 동물들은 양들을 만날 수가 없었다. 스퀄러 혼자 양들에게 들락거렸다. 그동안 그는 비밀리에 양들에게 새로운 노래를 가르쳤다.

양들이 농장으로 돌아온 직후 어느 맑은 날 저녁이었다. 그날 동물들은 일을 마치고 농장 건물로 막 들어서고 있었다. 그때 마당에서 말의 비명이 들려왔다. 동물들은 놀라 모두 그 자리에 멈춰 섰다. 클로버의 비명이 다시 들리자 동물들 모두 마당으로 뛰어갔다. 그들은 곧 클로버가 비명을 지른 이유를 알게 되었다.

그것은 뒷다리로 서서 버둥거리며 걷고 있는 돼지 때문이었다.

사건의 주인공은 스퀄러였다. 그런 자세로 거대한 몸뚱이를 지탱하는 데 익숙하지 않은 듯 약간 비틀거리기는 했지만, 그래도 거의 균형을 잡고 마당을 천천히 걸었다.

잠시 후, 농장 본채 문밖으로 돼지들의 긴 행렬이 나타났다.

스퀼러처럼 모두 두 발로 선 자세였다. 개중에는 제법 잘 걷는 돼지도 있었지만 위태롭게 뒤뚱거리는 꼴이 당장 지팡이라도 가져다주어야 할 판이었다. 하지만 자빠지지 않고 무사히 마당을 한 바퀴 돌았다.

그리고 마침내 요란하게 짖어대는 개들과 검은 수탉의 날카로운 울음소리가 들리더니 나폴레옹이 좌우로 오만한 시선을 던지며 당당하게 두 발로 걸어왔다. 개들이 그 주위를 뛰어다니고 있었다.

나폴레옹은 앞발굽에 채찍을 들고 있었다.

주위는 쥐 죽은 듯 조용했다. 너무 놀라 정신이 혼미해진 동물들은 한자리에 모여 천천히 마당을 도는 돼지들의 긴 행렬을 숨죽이며 지켜보았다. 마치 세상이 뒤집힌 것만 같았다. 그러고 나서 겨우 진정이 되자 그들은 개를 무서워하고 어떤 일에도 불평이나 비판을 하지 않는 습관이 들었을 텐데도, 이번에는 항의하고 따질 태세였다.

그러나 바로 그때 마치 어떤 신호라도 받은 듯 양들이 일제히 입을 맞춰 맹렬히 외쳐댔다.

"네 다리는 좋다. 두 다리는 더욱 좋다! 네 다리는 좋다. 두 다

리는 더욱 좋다! 네 다리는 좋다. 두 다리는 더욱 좋다!"

이 소리가 5분 동안 그치지 않고 계속되었다. 양들이 입을 다물었을 때는 돼지들이 농장 본채로 돌아간 뒤여서 따질 기회조차 없었다.

벤저민은 누군가 자기 어깨에 코를 비비는 것을 느꼈다. 돌아보니 클로버였다. 그녀의 늙은 눈이 더욱 흐려 있었다. 그녀는 말없이 벤저민의 갈기를 잡아당기더니 7개 원칙이 쓰여 있는 헛간 벽으로 이끌었다. 그들은 잠시 하얀 글씨가 적힌 타르 벽을 가만히 바라보았다.

"눈이 잘 안 보여서요. 하긴 젊었을 때도 저기에 적힌 글자를 읽을 줄 몰랐지만요. 그런데 저 벽이 뭔가 달라진 것 같네요. 벤저민, 저 7개 원칙은 예전 그대로인가요?"

벤저민은 이번만은 자신의 규칙을 깨뜨리기로 작정하고 벽에 쓰여 있는 것을 그녀에게 읽어주었다. 7개 원칙은 다 사라지고 그곳에는 단 하나의 원칙밖에 없었다. 그것은 다음과 같았다.

모든 동물은 평등하다.

그러나 어떤 동물은 다른 동물보다 더욱 평등하다.

그 후부터 작업을 감독하는 돼지들 모두 앞발에 채찍을 들었다고 해서 별로 이상하게 생각되지 않았다. 돼지들이 라디오를 구입하고, 전화를 설치하고,《존 불》,《팃 비즈》잡지와〈데일리 미러〉등의 신문을 정기적으로 구독한다는 얘기를 들어도 이상하게 느껴지지 않았다. 나폴레옹이 파이프를 물고 농장 본채 정원을 산책하는 모습을 봐도 아무렇지 않았다.

또 돼지들이 존스 씨의 옷장에서 옷을 꺼내 입어도, 나폴레옹이 검정색 승마 바지에 가죽 각반을 차고 나타나도, 그리고 또 그가 총애하는 암돼지가 존스 부인이 일요일에나 입었던 물결무늬 비단옷을 입고 나타나도 조금도 이상하게 생각하지 않았다.

일주일이 지난 어느 날 오후, 몇 대의 이륜마차가 줄지어 농장으로 들어왔다. 이웃 농장의 대표들을 초청한 것이었다. 그들 일행은 안내를 받으며 농장 일대를 돌아보았는데 보는 것마다 탄성을 올렸다. 특히 풍차에 대해서는 입에 침이 마르도록 칭찬했다. 그때 동물들은 순무밭에서 잡초를 뽑고 있었다. 그들은 돼지와 인간 방문객 중 어느 쪽이 더 무서운 존재인지 알 수 없어 그저 땅에 얼굴을 박고 부지런히 일만 했다.

그날 밤 농장 본채에서는 왁자한 웃음소리와 노랫소리가 흘러나왔다. 인간과 동물들 소리가 뒤범벅이 되어 들리자 동물들은 갑자기 호기심이 발동했다. 처음으로 동물과 인간이 평등한 입장에서 만나는 농장 본채에서 도대체 무슨 일이 벌어지고 있는지 궁금했던 그들은 소리를 죽이며 본채 정원으로 살금살금 들어갔다.

그러나 막상 본채 정문 앞에 이르자 그들은 주춤거렸다. 안으로 들어가자니 두려웠던 것이다. 그러자 클로버가 앞장서서 안으로 들어갔다. 그들은 조심스레 집 건물까지 다가갔고 키가 큰 동물들은 식당 창문으로 집 안을 들여다보았다.

긴 식탁을 사이에 두고 농장주 6명과 고위층 돼지 여섯 마리가 자리에 앉아 있었다. 상석은 나폴레옹이 차지했다. 의자에 걸터앉은 돼지들은 불편하기는커녕 오히려 편안해 보였다. 카드놀이를 하다가 술을 돌리려고 잠시 쉬는 모양이었다. 그들은 큰 술병을 돌려가며 잔에 맥주를 가득 채웠다. 동물들이 의심스러운 눈초리로 창문을 엿보고 있다는 것을 아무도 눈치채지 못했다.

폭스우드 농장의 필킹턴 씨가 맥주잔을 들고 일어섰다. 그는 함께 자리한 여러분에게 축배를 권하기 전에 몇 마디 해야겠다고 말했다.

필킹턴 씨는 그간의 불신과 오해에 종지부를 찍게 되어 무척 기쁘고, 여기 모인 다른 이들도 그럴 것임을 확신한다는 말로 연설을 시작했다.

여기 모인 사람들은 단 한 번도 그런 적이 없지만, 마을 사람들은 이 동물농장의 존경하는 주인들을 적대감이라기보다 조금은 걱정스러운 눈으로 지켜보던 때가 있었다. 불행한 사건도 있었고 오해도 있었다. 돼지들이 소유하고 경영하는 농장은 어딘가 비정상적이라 여겨 자칫하면 이웃 농장조차 동요를 일으킬지 모른다고 생각했다. 많은 농장주들은 자세히 알아보지도 않고 이 동물농장에 방종과 무질서가 난무한다고 속단했다. 그래서 그들은 자기 농장의 동물들, 심지어 고용하고 있는 인간들에게까지 나쁜 영향을 미치지 않을까 걱정했다. 그러나 이제는 그 모든 의심이 완전히 사라졌다. 오늘 자신이 친구들과 이 동물농장을 방문하고 직접 눈으로 구석구석 둘러본 뒤에 발견한 것이 무엇인지 알겠는가? 그것은 최신식 영농법뿐만 아니라 모든 농장주의 귀감이 될 만한 규율과 질서였다. 동물농장의 하층 동물들이 이 지방의 다른 어떤 동물들보다 많이 일하면서도 적게 먹는 효율성을 보고 경탄을 금치 못했다. 그래서 함께 온 일행들과 함께 곧 모든 농장에 도입하기로 결정했다는 것이었다.

필킹턴 씨의 연설은 계속되었다. 그는 동물농장과 이웃 농장의 우호적인 연합을 재차 강조하는 것으로 인사말을 끝냈다. 돼지들과 인간들 사이에는 이해의 충돌이 조금도 없으며 또 그럴 필요도 없다는 것이었다. 인간이든 돼지든 투쟁할 일이나 당면한 어려움은 같다. 노동문제란 어디서나 같은 문제를 일으키지 않는가?

필킹턴 씨는 여기까지 말하고 신경 써서 준비한 재담(才談)을 일동에게 던지려고 했다. 하지만 준비한 말을 하기도 전에 그 반응을 생각하고 웃다가 사레가 들려 잠시 꺽꺽거렸다. 그는 연거푸 기침을 하다가(살이 쪄 여러 겹이 된 턱이 벌게질 정도로) 겨우 진정하고 말을 꺼냈다.

"동물농장의 주인이신 여러분, 여러분이 다스려야 할 하층 동물이 있다면 우리도 다스려야 할 하층 계급이 있습니다."

이 말에 일동은 함성을 질렀다. 그리고 필킹턴 씨는 다시 한번 식량 배급을 줄이면서 노동시간을 늘린 것을 축하했고 관찰한 결과 동물들이 불평하지 않는 것에 대해 돼지들을 다시 한번 치하했다.

마지막으로 그는 모두 자리에서 일어나 술잔을 들고 건배하자고 말했다.

"여러분, 여러분을 위해 모두 건배합시다. 그리고 동물농장의 번영을 위하여!"

박수갈채와 발 구르는 소리가 요란했다. 나폴레옹은 흡족한 표정으로 자리에서 일어나 식탁을 돌아 필킹턴 씨 옆으로 가서 잔을 맞부딪치고 맥주를 쭉 들이켰다. 박수 소리가 가라앉자 그때까지 계속 서 있던 나폴레옹이 자기도 몇 마디 인사말을 하겠노라고 말했다.

나폴레옹의 연설은 언제나 그랬듯이 간략했다. 자기도 이제까지의 오해가 풀린 것을 기쁘게 생각한다. 오랫동안 자기와 자기 동료들의 사고방식이 파괴적이고 혁명적이라는 소문(악의를 품은 자들이 퍼뜨린 것이 틀림없다고 생각하지만)이 떠돌았고 이웃 농장 동물들을 부추겨 반란을 선동하려는 것으로 알려지기도 했다. 그 소문이야말로 말도 안 되는 것이다. 옛날이나 지금이나 자기들의 유일한 염원은 이웃과 평화롭게 정상적인 거래를 유지하며 살아가는 것이다. 여기서 나폴레옹은 또다시 자기가 이끌고 있는 이 농장은 일종의 협동기업이며, 자기가 보관하고 있는 부동산 권리증서는 모두 돼지들의 공동 소유라고 했다.

그는 계속 말했다. 지난날의 의혹이 아직도 남아 있다고 믿지는 않지만 농장의 잘못된 관행들을 고쳐나가고 있으므로 농장에 대한 신뢰가 더욱 굳건해질 것이라고 했다. 지금까지 이 농장의 동물들은 습관적으로 서로를 동지라고 부르는데 앞으로는 이것을 금할 것이라고 말했다. 그리고 어쩌다 생겼는지는 모르지만 일요일 아침마다 마당 게양대에 걸린 수돼지의 두개골 앞을 행진하는 행사도 금할 것이며, 두개골은 벌써 땅에 묻어버렸다고 했다. 손님들은 게양대에 걸려 펄럭이는 녹색 깃발을 보았을 것이고, 그렇다면 흰 발굽과 뿔 그림이 없어진 것도 눈치챘을 것이며, 앞으로는 아무런 그림이 없는 녹색 깃발을 사용할 것이라고 했다.

그런 다음 방금 했던 필킹턴 씨의 우정 어린 훌륭한 연설에 대해 시정할 것이 한 가지 있다고 덧붙였다. 필킹턴 씨는 계속 이 농장을 동물농장이라고 불렀는데 그 이름은 없어질 것이라고 했다. 그 사실을 지금 처음 발표하는 것이므로 그가 모르는 것도 당연하다는 것이었다. 그리고 앞으로는 '매너 농장'으로 불릴 것이고, 이것이야말로 원래 이름이라고 했다.

나폴레옹이 연설을 끝내고 말했다.

"여러분! 다시 건배합시다. 하지만 이번에는 다른 것을 위해서입니다. 여러분, 잔을 가득 채워주십시오. 자, 모두 건배합시다. 매너 농장의 번영을 위해!"

조금 전처럼 다시 박수갈채가 터져 나왔고, 모두 한 방울도 남기지 않고 잔을 깨끗이 비웠다. 그러나 밖에서 이 광경을 지켜보던 다른 동물들은 뭔가 이상한 일이 일어나고 있다고 생각했다. 돼지들의 얼굴이 변한 것 같은데 그게 무엇일까?

클로버는 침침한 눈으로 돼지들의 얼굴을 찬찬히 훑어보았다. 어떤 돼지는 턱이 5개였고, 어떤 돼지는 4개, 또 어떤 돼지는 3개였다. 돼지들의 얼굴에서 뭔가 녹아내리고 있는 것 같은데 그게 무엇일까? 박수 소리와 환성이 잦아들자 인간과 돼지들은 잠시 중단했던 카드놀이를 다시 시작했다. 창가에서 지켜보던 동물들은 슬그머니 그곳을 빠져나갔다.

그러나 20야드(약 18미터―옮긴이)도 채 가기 전에 그들은 걸음을 멈췄다. 농장 본채에서 시끄러운 소리가 들려왔던 것이다. 동물들은 다시 뛰어가 창문으로 안을 들여다보았다.

그곳에서 격렬한 싸움이 벌어지고 있었다. 고함을 지르고 탁자를 치며 의심에 찬 눈초리로 화를 내는 등 야단법석이었다. "그게 아니라니까!"라고 소리 지르는 것으로 보아 나폴레옹과 필킹턴 씨가 동시에 스페이드 에이스를 내는 바람에 싸움이 붙은 모양이었다.

12개의 화난 목소리가 제각기 고함을 지르고 있었다. 그러나 그 모든 소리가 하나의 목소리로 들렸다. 창가에서 엿보고 있던 동물들은 그제야 돼지들의 얼굴이 어떻게 변했는지 확실히 알 수 있었다.

동물들은 인간에서 돼지로, 다시 돼지에서 인간으로 몇 번이고 번갈아 쳐다보았다. 그러나 어느 쪽이 인간이고 어느 쪽이 돼지인지 도무지 분간할 수 없었다.

(1943년 11월~1944년 2월)

조지 오웰

George Orwell, 1903. 6. 25~1950. 1. 21

　인도 주재 영국 공관의 하급관리였던 리처드 블레어의 아들
로 인도에서 태어났다. 본명은 에릭 아서 블레어(Eric Arthur Blair)
이나 스코틀랜드 출신임이 드러나는 본명을 싫어해 조지 오웰
이라는 필명을 주로 썼다. 아버지가 스코틀랜드계 영국인으로
정통 영국 가문이 아니라는 점 때문에 종종 차별을 받았기 때문
이다. '오웰'은 그의 부모가 살던 집 근처 강 이름이라고 한다.

　오웰은 세 살 되던 해에 가족과 함께 영국으로 돌아왔다. 하
층 계급은 아니었으나 넉넉지 못한 형편에도 여덟 살 되던 해
(1911년)에 영국의 상류층 자제들이 다니는 사립 예비학교에 입
학했다. 그러나 그곳에서 오웰은 어린 나이에 빈부의 격차를 실

감하고 열등감 속에서 생활했다. 이후 장학금을 받으며 영국의 고등학교 중에 가장 비싼 이튼학교를 졸업했지만(1917년), 가난한 자가 부유한 자들 틈에서 교육받는 것은 위선이자 허위라는 것을 느끼고 외할아버지가 목재상을 했던 미얀마의 식민지 경찰관이 되었다(1922년).

미얀마 시절은 조지 오웰이 작가로서 인생의 진로를 결정하는 계기가 되었다. 식민지에 대한 탄압을 직접 경험한 오웰은 인간이 인간을 차별하는 것에 대해 혐오감과 죄책감을 느끼고 1927년 영국으로 돌아와 빈민가의 생활에 관심을 가지며 글을 쓰기 시작했다. 영국 지배층의 잔혹성을 그린《버마의 나날 (*Burmese Days*)》(1934년)은 미얀마 시절의 경험을 담은 것이다.

오웰은 1927년부터 1929년까지 파리의 빈민가에서 궁핍한 생활을 하며 글을 썼다. 노숙을 하기도 하고 구걸도 하고 도둑질도 하면서 가난한 사람들이 억압받는 현실을 통감하고 스스로 사회주의자가 되었다.

미얀마 시절과 부랑자로 생활했던 시기에 제국주의의 폐해와 빈곤에 눈을 뜬 오웰은 첫 작품으로《파리·런던의 밑바닥 생활 (*Down and Out in Paris and London*)》(1933년)을 발표하고 작가로서 호평을 받았다. 이후 오웰은 교사 생활과 서평 원고 등으로 궁핍한 생활을 하면서 꾸준히 작품을 썼다.

사회주의자 오웰은 하층 계급과 빈민 노동자들의 삶을 본격적으로 조사하며 르포르타주(사실에 관한 보고)를 쓰던 중 1936년 7월 스페인전쟁(좌익인 인민전선 정부가 출범하자 파시즘 진영이 일으킨 내란)이 발발하자 그해 결혼한 아내 아일린과 함께 취재를 위해 바르셀로나로 떠났다. 오웰은 취재에 그치지 않고 정부군이 아닌 마르크스주의 통일노동당 민병대에 들어가 전투에 직접 뛰어들었다. 그러나 1937년 아라곤 전투에서 목에 총상을 입고 바르셀로나로 후송되었다. 그러던 중 인민전선 내부의 분열로 권력을 잡은 공산주의자들이 트로츠키주의자들을 색출하기 시작하자 아내와 함께 스페인을 탈출해 프랑스로 건너갔다. 이때의 생생한 기록을 담은 것이 바로 《카탈로니아 찬가(Homage to Catalonia)》(1938년)이다.

스페인에서 공산주의자들의 변절과 포악성을 목격한 오웰은 이후 공산주의를 포기하고 심지어 증오하기 시작했다. 스페인에서의 숙청은 소련에서의 대숙청과 거의 같은 시기에 이뤄졌고, 오웰은 권력을 잡은 공산당이 스페인전쟁의 진실을 은폐하고 왜곡하는 것을 목격하면서 우익이든 좌익이든 전체주의는 변질되기 쉽다는 것을 인식했다. 그때의 경험은 《동물농장》과 《1984》를 쓰는 동기이자 소재가 되었다.

오웰은 전쟁 중 부상으로 인해 지병인 폐결핵을 앓으면서 작가로서 작품 활동을 이어갔다. 그는 1943년 11월 영국 노동당이 지지하는 신문 〈트리뷴〉의 문예부장으로 일하면서 비로소 오랫동안 구상해오던 《동물농장》을 본격적으로 쓰기 시작했다.

오웰은 한 소년이 짐마차 모는 말을 채찍질하는 모습을 보고 처음 영감이 떠올랐다고 밝혔다. 인간이 동물의 노동을 착취하는 것에서 가진 자가 가지지 못한 자를 착취하는 모습을 본 것이다. 1944년 러시아 혁명과 스탈린의 배신으로 인한 혁명의 변질, 뒤이은 혁명 동지에 대한 숙청과 공산당 독재 등 일련의 역사적 과정을 동물 세계에 비유한 정치우화 《동물농장(Animal Farm)》은 그렇게 해서 탄생했다.

조지 오웰은 6개월 동안 작품을 구상하고 1944년 2월 《동물농장》을 완성했다. 오웰 자신이 "내 평생 피땀을 쏟아 완성한 유일한 작품"이라고 평할 정도로 심혈을 기울인 작품이었다. 특히 신선한 문체와 군더더기 없는 구성, 번득이는 위트와 풍자가 돋보이는, 기실 20세기 최고의 우화가 탄생한 것이다.

《동물농장》은 1943년 11월에 시작해 1944년 2월 탈고했으나 작품이 출간된 것은 한반도가 해방된 해인 1945년 8월 17일이었다. 당시 소련의 동맹국인 영국의 출판사들이 스탈린과 그의 독재를 대놓고 비판한 책을 출간하는 것은 위험천만한 일이라고 판단했던 것이다. 책은 출간되자마자 초판이 순식간에 판매되었고, 영국과 미국에서 베스트셀러가 되었다. 출간 이후부터 지금까지 누적 판매량이 1천만 부가 넘는다. 마흔두 살의 오웰은《동물농장》으로 비로소 경제적인 안정과 더불어 작가로서의 명성을 얻었다.

1945년 아내가 가벼운 수술을 받던 중 사망했다. 아내의 죽음 이후 실의에 빠진 오웰은 지병인 결핵이 악화되어 요양을 되풀이하던 중 자신의 최고 걸작《1984(*Nineteen Eighty-Four*)》(1949년)를 구상하고 집필했다. 사랑하던 아내가 죽고 건강마저 악화된 상황에서 씌어진《1984》에는 오웰의 염세주의와 깊은 절망감이 배어 있다. 그는 "나의 병이 그렇게 심하지 않았다면 이 소설도 그렇게 어둡지 않았을 것이다."라고 말한 바 있다.

《1984》에는 오웰이 스페인전쟁과 식민지 경찰 시절에 겪은

온갖 체험이 고스란히 담겨 있다.《1984》는 전체주의 국가에서 독재자 빅 브라더가 권력을 유지하기 위해 자신을 숭배하게 하고, 개인의 생활을 감시하며, 진실을 은폐하기 위해 언론과 사상을 통제하고, 역사를 날조하며, 반대자들을 탄압하는 과정에서 인간의 권리와 자유가 어떻게 말살되는지를 그리고 있다. 이것은 전체주의 국가뿐 아니라 어떤 형식이든 지배구조가 갖고 있는 위험성이 먼 미래에 어떤 식으로 드러날지를 예언하듯이 써 내려간 일종의 미래 소설이다.

《1984》는 출판된 지 1년 만에 영국과 미국에서 40만 부 이상 팔렸다. 오웰은 이 책을 출간한 후 기적적으로 몸이 호전되는 듯했으나 다시 악화되어 런던의 한 병원에 입원했다. 그리고 1949년 10월 〈호라이즌〉의 편집부원 소냐 브라우넬(Sonia Brownell)과 재혼했다. 1950년 건강이 조금 회복되어 스위스로 여행을 떠날 계획이었으나 출발하기 며칠 전 건강이 악화되어 런던의 국립대학병원에서 갑작스럽게 피를 토하고 몇 분 만에 숨을 거뒀다. 그의 나이 마흔일곱 살이었다.

《동물농장》은 매너 농장의 수퇘지 메이저 영감이 동물들의 노동력을 착취하고 삶을 피폐하게 만드는 인간들의 실체를 자각하는 것으로 시작된다. 배경이 되는 '매너 농장'에서 '매너 (manor)'는 봉건시대의 토지 단위로 영주들이 소유한 '장원'을 의미한다. 메이저 영감은 폭정을 일삼는 인간들을 몰아내고 동물들 스스로 일하고, 자신들이 생산한 것들을 자신들이 가져야 한다고 설파한다. 메이저 영감이 죽은 뒤 지능이 뛰어난 돼지 세 마리가 그의 가르침을 '동물주의'라는 완전한 사상체계로 정립하고 다른 동물들을 교화해나간다. 이후 가축들은 우연한 기회에 반란을 일으켜 농장 주인을 쫓아내고 '매너 농장'의 간판을 '동물농장'으로 바꾼 다음 직접 농장을 운영한다.

'동물주의'를 확립한 돼지들의 지도와 동물들의 협동 아래 즐겁게 일하면서 동물농장은 새로운 전기를 맞는다. 수확량은 증가하고, 모든 동물의 특성을 살려 자발적으로 일하기 때문에 효율적으로 일이 진행되었으며, 여가 시간도 즐길 수 있게 된다. 그러나 이러한 계급 없는 사회, 모두가 주인인 사회의 환상은 오래가지 않는다.

동물들 사이에서 권력 싸움이 일어나고, 더 잘살기 위해 노동력을 개선해야 한다고 주장하는 스노볼과 무장을 강화해 이웃 농장까지 반란이 확산되어야 한다는 나폴레옹이 서로 맞선 것이다. 결국 남몰래 세를 키워온 나폴레옹이 스노볼을 축출하고 그를 따르던 무리들을 처단함으로써 동물농장을 장악하게 된다.

이후 나폴레옹은 규율을 강조하며 노동을 강제하는 등 독재 성향을 드러낸다. 나폴레옹을 위시한 돼지들은 특권계급으로 상승해 모든 부와 안락을 누리고 나머지 동물들은 점점 더 강도 높은 노동과 굶주림에 시달린다. 동물들이 모여서 이야기를 나누는 일도 허락되지 않았고, 같은 동물이라고 여겼던 나폴레옹을 지도자로 추앙하며 받들어야 한다.

어느 날 동물들은 매너 농장 시절에 비해 별로 달라진 것이 없고 자신들이 이제는 인간이 아닌 돼지들을 살찌우기 위해 밤낮으로 일하고 있다는 것을 느꼈다. 하지만 오랜 강압으로 이미 나약해질 대로 나약해졌고 처음 혁명을 일으켰던 동지들은 하나둘 저세상으로 떠나고 혁명의 추억마저 희미해졌다. 한편 나폴레옹을 위시한 특권계급인 돼지들은 점점 인간을 닮아간다. 술을 마시고, 침대에서 누워 자는가 하면 다른 동물들을 노예처럼 부린다. 결국 돼지들은 인간들처럼 채찍을 들고 두 다리로 걷기 시작하고, 그 옛날 메이저 영감이 마지막으로 했던, "인간과 맞서 싸우면서도 결코 그들을 닮아가서는 안 되며 인간의 악덕을 배워서는 안 된다."는 말은 아무도 기억하지 못한 채 동물들은 돼지들의 모습에서 인간의 모습을 보는 것으로 이야기를 끝맺는다.

조지 오웰은 소련의 권력 투쟁 과정에서 이 작품의 영감을 얻었다. 수퇘지 메이저 영감은 마르크스, 포악한 지도자 나폴레옹은 스탈린, 나폴레옹과 대립하다가 끝내 추방되는 스노볼은 스탈린에 의해 축출되어 망명한 끝에 살해된 트로츠키에 비유되기도 한다. 이렇듯 러시아혁명과 스탈린의 배신으로 인한 혁명의 변질, 뒤이은 혁명 동지에 대한 숙청과 공산당 독재 등 일련의 역사적 과정을 동물 세계에 비유한 것이다. 그러나 이 작품은 우화 형식을 통해 전체주의가 성립되는 과정을 보여줌으로써 전 세계에 퍼지고 있는 독재 권력의 위험성을 경고하는 것이기도 했다. 20세기 초 전체주의 흐름을 걱정스럽게 바라보면서 자유주의에 대한 희망을 피력한 것이다. 처음의 의도가 아무리 좋은 것이라 할지라도 권력이 특정 사람에게 편중될 때 그 비호 세력들은 점점 더 타락하고 민중들은 독재자의 감시와 압제 아래 점점 더 나약하고 무기력해지게 마련이라는 사실을 작품에서 묘사하고 있다.

동물농장

초판 1쇄 발행 2013년 1월 25일
초판 2쇄 발행 2020년 5월 28일

지은이 조지 오웰
옮긴이 북트랜스
펴낸이 신경렬

편집장 김지연
마케팅 장현기 · 정우연 · 정혜민
디자인 이승욱
경영기획 김정숙 · 김태희 · 조수진
제작 유수경

펴낸곳 (주)더난콘텐츠그룹
출판등록 2011년 6월 2일 제2011-000158호
주소 04043 서울시 마포구 양화로12길 16, 7층(서교동, 더난빌딩)
전화 (02)325-2525 | **팩스** (02)325-9007
이메일 book@ibookroad.com | **홈페이지** www.thenanbiz.com

ISBN 979-11-85051-17-8   04840